W0253159

La balada de Inesa

FINALISTA
PREMIO
ABRIL
2002

La balada de Inesa

HASIER ETXEBERRIA

editores asociados

Primera edición: septiembre del 2002

Diseño de la colección: **Cass**

Maquetación: **Montserrat Estévez**

Traducción: **José Luis Padrón Plazaola**

Corrección de estilo: **Félix Maraña**

Coordinación editorial: **Laura Espot**

Dirección editorial: **Xavier Blanch, Carlos Espina, Rosa Serrano, Chusé Raúl Usón, Damián Villalaín, Txantxon Zubeldia**

Depósito legal: B-35.716-2002

Impreso en la UE

ISBN 84-246-0947-6

La Galera, SA Editorial
Diputació, 250, 08007 Barcelona
www.editorial-lagalera.com
lagalera@grec.com

Impreso en Liberduplex
Constitució, 19
08014 Barcelona

Prefacio

La balada de Inesa

La felicidad plena es una clase de aire que puede entrar por cualquier resquicio. Cuando menos la esperas, aparece allá donde no te la imaginarías. Y te alcanza. Y te atrapa. Y te devora. Y te alza al vuelo transformando tu pesadez en levedad. Te modifica el carácter. Todo te lo vuelca y azora. La felicidad es un viento que puede arrastrar, como si fuera pluma, a un hombre de cierto peso, como soy yo. Puede convertir al asno en caballo árabe. O al menos fue algo parecido lo que a mí me produjo en pleno verano de 1999.

Era agosto en Hendaya, localidad que en la desembocadura del Bidasoa ha sido siempre frontera con Francia. La Academia de las Ciencias de París me acababa de otorgar, por fin, una autorización especial para establecerme por un mes en el palacio que corona el magnífico acantilado y que pertenecía a Antoine D'Abbadie, un eminente científico y explorador que a su muerte lo dejó en manos de la muy honorable Academia de las Ciencias.

Llevaba meses esperando la autorización. Visto el retraso, mi periódico conminó al alcalde de Hendaya para que hiciera presión ante la Academia. Fue así como la conseguimos. El alcalde estaba seguro de que mis artículos de prensa atraerían más turistas a la localidad. Conocía mi intención de recrear los artículos que a diario escribiría en aquella privilegiada atalaya, desde donde podía divisar las playas de Hendaya, Fuenterrabía, Biarritz y la cornisa Cantábrica entera. Fue por eso por lo que la Academia, finalmente, cedió. No lo hizo por mi cara bonita, ni por su amor a mis magníficos artículos de prensa, no. La autorización llegó por intereses muy concretos, de esos que llenan la boca de los políticos.

Fue así como la familia al completo se trasladó al palacio el primer día de agosto: mi esposa Jacqueline, nuestro hijo Jean-Philippe y nuestros dos perros ovejeros, Kali y Mocho. Nuestra hija no había nacido aún.

Fue un mes de aúpa. Mi mujer no quería vivir en aquel lugar, ni siquiera un par de días. Decía que en agosto el palacio de Abbadia estaba plagado de turistas y curiosos de toda especie. Que estaríamos mejor en una playa del sur. O en la montaña. O sin salir de casa en todo el verano. Y no le faltaba razón.

Turistas de toda Francia y España, con sus sandalias y pantalones de verano, invaden cada año aquel lugar. Sólo de noche es posible algo de descanso. Jacqueline estuvo tan enojada que no recuerdo haberle visto en la cara más de dos sonrisas en todo aquel mes de agosto, ni haberle oído ninguna frase que no terminara con la palabra *petardo.* El petardo, obviamente, era yo. En todo el mes sólo conseguimos acercarnos en una ocasión. Fue cuando concebimos a nuestra hija.

Esta irregular vida de periodista, que tanto fastidia y espanta a Jacqueline, es perfecta para mí. Me encanta no saber dónde me encontraré mañana ni cuál será el tema del reportaje o del artículo. ¿Será una crónica de guerra? ¿Iré a faenar con unos pescadores o bajaré con unos mineros al fondo de la tierra? Quizá me toque cubrir algún asesinato. Esta falta de certeza me encanta, aunque soy consciente de que no todos somos iguales y de que hay quien prefiere, como Jacqueline, los lunes natillas, los martes natillas, los miércoles natillas, y así todos los días de su aburrida vida.

En el palacio, yo aprovechaba el día para dormitar en una de la habitaciones más frescas mientras oía a lo lejos a los turistas, sobre todo a los niños, gritar y reír. Escribía de noche, y también paseaba y curioseaba entre los telescopios y demás aparatos de óptica que en su día pertenecieron al gran Antoine D'Abbadie, el astrónomo experto en eclipses, pero sobre todo el descubridor de las fuentes del Nilo, uno de los enigmas que más preocupó a los geógrafos y gentes de ciencia de su tiempo.

Paseaba por su inmensa biblioteca llena de libros y de mapas, con placer indescriptible. Aunque he de reconocer, ciertamente, que la ciencia no ha despertado nunca un interés excesivo en mí. He preferido siempre el olor del vino de la vida al del alcohol de laboratorio.

Por eso, entre tanto libro y legajo, mis ojos se detuvieron en unos humildes cuadernos que apenas si tenían escrito un leve título a mano: "Tal como soy".

Si yo no hubiera reparado por casualidad en aquellos cuadernos, allá seguirían mudos, y puede que su contenido hubiera quedado oculto siglos enteros o, incluso, para toda la eternidad.

En aquellos humildes cuadernos descubrí la caligrafía de una increíble mujer: Inesa de Indazubi. Una mujer adelantada a su tiempo. Una mujer rebelde y tenaz que supo dar la vuelta a su destino.

Con pulso firme y estilo expresivo, Inesa contaba en aquellos cuadernos la vida que le había tocado en suerte. Una vida difícil pero plena que ella supo domesticar a su antojo.

Fueron los de Inesa tiempos convulsos en los que fronteras inamovibles y ejércitos pesados no dejaron de moverse y definieron, finalmente, la Europa que hoy comenzamos de nuevo a cambiar. Fueron también las postrimerías de la piratería, de los filibusteros y corsarios, industrias todas ellas que tuvieron su importancia en Hendaya y en todo puerto que se preciara. Fueron tiempos en los que adelantos como el ferrocarril multiplicaron por mil la velocidad del paso del tiempo.

De todo ello nos habla Inesa en esos cuadernos, que produjeron en mí la felicidad de inmediato. ¿Qué mejor destino para un hombre, mitad periodista y mitad escritor como yo, que disponer del relato de una vida real apasionante? En los cuadernos de Inesa encontré una suerte de materia suprema que supera a cualquier ficción. Una realidad vivida con tesón e inteligencia que gana a cualquier historia imaginada.

Mi único mérito reside ahora en dar a conocer estos cuadernos tal y como los encontré. Tienes en tus manos el primero de ellos. Apenas he cambiado ni creado nada. Sólo he reconstruido algunos trozos de papel borrados por el tiempo o comidos por la carcoma. Nada más. El mérito no es mío, sino de Inesa de Indazubi, una mujer que produjo en mí una transformación definitiva.

Espero que también a ti te zarandee y te lleve en sus brazos como a mí. Y no digo más, aquí me callo. Sólo que ya puedes imaginar con facilidad el nombre que pusimos a nuestra hija, cuando nació, nueve meses después de aquel agosto de 1999.

El autor

Tal como soy

La balada de Inesa

De momento, soy Inesa de Indazubi. Soporto más años que el pálido fresno de la entrada; y sin embargo, cada mañana, se me desvelan memoria y razón con el primer halo de luz. Es verdad que estoy arrugada como uva pasa, que mi cuerpo y mi rostro son como viejo mapa abisal, acartonado cuaderno de bitácora, doblegada vela que poco puede ya contra mil vientos y que espera, me temo, su último temblor. Es cierto que sigo terriblemente lúcida y mi brío aún responde a todos los alientos. Para sí lo quisiera más de un mocito porque, si hay algo que me hace en realidad afortunada, si de verdad tengo algo que me sobra, es una salud de hierro.

Quien ahora os habla sigue siendo todavía la primera persona que otea los barcos sobre el horizonte: observad, allí una goleta, mirad, allá un buque, al otro lado un bergantín de dos mástiles; ¿veis? Todavía presiento antes que nadie el jadeo lejano y fatigoso de la tormenta. Soy yo quien descubre la primera grulla al norte en otoño, quien atisba la primera cigüeña al sur en primavera. Aún hoy sigo siendo yo.

En efecto, yo, Inesa de Indazubi, que así quedará mi nombre y lugar de procedencia. Séptima hija de una familia de siete hermanas. La séptima, para bien y para mal. Nacida el día de Santa Inés de 1789. Pero que nadie se sorprenda si alguna vez me ven responder al requerimiento de otro nombre, pues muchas han sido hasta hoy mis maneras e identidades, como si de un gato se tratara, muchas han sido las biografías de mi vida.

Y han sido dos los nombres de varón que me han dado especial fama a lo largo del Cantábrico y en corrientes más remotas: Beñat Callao y Nicolás Venenos. Dos apodos más o menos afortunados que han disfrazado la auténtica expresión y naturaleza de esta ya vetusta dama a quien bautizaron como Inesa de Indazubi.

Como al fruto del castaño, me cubren distintas cortezas. Áspera por fuera, por dentro, suave; puedo ser ingrata como erizo acorralado, pero también sé agradar cual dulce sonrisa. Tan pronto soy de una manera o de otra, depende del brinco con que me levante. Tornadiza como el viento que abandona la montaña, de tal forma me muestro, pérfida, candorosa, a veces conciliadora, inclemente en ocasiones. A la manera del viento, oveja domesticada que se torna animal salvaje, demonio y arcángel de mil caras. Entre tantos temperamentos, ni yo misma sabría con cuál quedarme.

"La séptima hija, bruja fija", le indicaron a mi madre el día que me parió, y se lo creyó a pie juntillas.

"Entre siete hijas, la séptima es bruja de necesidad", también se lo recordaron al borrachín de mi padre, que no dudó en creer a las malas lenguas.

"Entre siete hermanas, la séptima, viene marcada", explicaron a mis seis hermanas, que tampoco pusieron ningún pero a una superstición que, con el tiempo, se encargó de mantenerme proscrita el resto de la vida.

Verdad o no, había nacido, para todos ellos, sin ninguna duda, una bruja. Certeza que recuerdo en múltiples formas y actitudes, tanto dentro como fuera de la familia, bien como miradas recelosas o bien como trato insuficiente; también recuerdo una formación desde el miedo, el rechazo de todo el mundo, igual que acoge la malviz a la cría del cuclillo: intrusa en su nido.

No obstante, lejos de alimentar mi supuesto sino de bruja, lo que sí hice, casi desde la misma cuna, fue obligarme a otro afán que socorriera realmente mi futuro, y válgame Dios que lo he conseguido y bien que lo he demostrado. No sé si estaba del todo preparada para ser un día bruja, pero lo que verdaderamente advertí desde niña, lo que deseaba cada vez que pensaba en lo que realmente quería, era, por encima de todo, vivir como un chico. Más concretamente como grumete, es decir, como cualquier marinero.

No vacilé. Suspiraba por cruzar los mares, recorrer la infinita redondez del mundo. Saber de sus vientos y tormentas, arder en todos los desiertos, bañarme contra sus aguas más gélidas. Me moría por ver arriar banderas de otras tierras, descubrir palacios y castillos, conocer como la palma de mi mano nuevos países. Y todo el mundo sabe que para ello había que ser forzosamente varón. Yo, en cambio, no era más que una simple mocosa. No hubo otra alternativa.

En cierto modo, era una locura, no lo niego, propósito poco más o menos que imposible, y no sólo para mí sino para toda criatura que tuviera entonces la suerte o desgracia de nacer mujer, si bien es cierto que en un mundo sin fantasía tampoco puede la piedra pretender ser flor, ni la rana vivir como mariposa. Aquí no hay lugar para cuentos de hadas. Lo único real que tenemos es la vida, si es que existe algo que en verdad podamos distinguir como real.

No me andaría con melindres, me convertiría en chico, aunque para ello tuviera que invocar fuerzas capaces de invertir el orden de la propia naturaleza. Me enfrentaría con el mismísimo destino si fuera necesario, variando a mi favor lo que traía escrito para mí la cuna.

Ya no tuve otro deseo. En cuanto vi cruzar la puerta de nuestra posada de Indazubi a aquel apuesto caballero de nombre Pellot, recuperé intacto mi deseo de ser marinero. ¡Cómo recuerdo aún, con qué nitidez, el halo terso de luz que lo envolvía! No en vano aquel fulgor o bruma fluorescente fue para mí como una auténtica señal que ya nunca podría desatender.

Ningún otro propósito llamó mi atención desde entonces, nada distrajo en absoluto los dictados de mi empeño. Y a pesar de que mi vida no haya resultado precisamente un camino de rosas, jamás me arrepentiré de haber salido tras sus pasos. Nunca. He sido su perfil y su sombra, el mismo viento ha peinado nuestros cabellos, mi luz era la suya, y viceversa, como también era suya la lluvia que me empapaba y el sol que, después, me secaba. He sufrido por su infortunio y he sonreído con su dicha. De tan pegada como anduve a él, su olor ha impregnado lo más profundo de mi piel. Aún hoy aparecen en mí muchos de sus gestos. Son incontables las veces en que, si me oigo hablar, si me detengo a recapacitar sobre las palabras y sentencias que a veces utilizo, creo que sigue siendo él quien piensa y se expresa a través de mí.

No, aquél no era un hombre cualquiera. Como tampoco eran corrientes sus inquietudes. Robusto y elegante a la vez. Hombre de palabra y persona íntegra. Natural de Hendaya, aunque le llamaban Pellot, su verdadero nombre era Etienne Pellot Monvieux.

Tan pronto como se dejó ver en nuestra casa, pude advertir aquella irradiación que lo abarcaba de cuerpo entero, como un sol que abrasa con pasión las nubes de septiembre: dulce y suave, pero, si se lo mira fijamente, resulta cegador. Sombra y, sin embargo, memoria de luz. Fulgor que lo acompañaba a todas partes como mágico atuendo que creciera desde su propio ropaje. Reparé minuciosamente en todos y cada uno de los clientes que aquel día señalado se repartían por la taberna que atendíamos en casa, me fijé en el rostro enrojecido e hinchado de mi padre que, como cada noche, jugaba a las cartas, los miré uno por uno, muy detenidamente, como queriendo buscar en todos ellos la complicidad de aquella señal de luz que había descubierto con mis propios ojos, pero aquel grupo de infelices no estaba para ver nada; nadie más que yo se dio cuenta, y sólo pude apresurar un gesto de temor o sorpresa cuando lo vi acercarse decidido junto a mi madre.

—Ya nos puede el hambre, buena mujer. Seguro que consigue sosegar estos tres hocicos con algo de carne y unos huevos. Y que nos acompañe una jarra de sidra, si tiene la bondad.

El arco de luz lo envolvía, como a los santos que contemplaba en la iglesia, como a Marte y a Saturno, y sus ojos eran dos trozos de mineral recién carbonizado, como de ceniza que la madera de fresno confía al final de la hoguera. Frente a aquellos ojos, todos los gatos me parecen bizcos. Era un hombre ni bajo ni alto, pero había algo en él que desde el primer momento le concedía un especial donaire.

Los dos hombres que lo acompañaban ya apoyaban sus codos en la mesa que había contra la ventana, pero él no buscó acomodo hasta inspeccionar primero, de arriba abajo, todas las esquinas y clientes que conformaban nuestra taberna. Daba la impresión de que aquellos penetrantes ojos iban mucho más allá de lo que certeramente miraban, como quien busca sin cesar una respuesta que autorice el anhelado descanso. Eran dos ojos no sólo para ver, sino para desvelar misterios. Dos ojos como de halcón que, en el vuelo de una sonrisa, se posaron en mi frente para sobresaltar de pies a cabeza —o de la cabeza a los pies, no estoy segura—, mi cuerpo de niña de nueve años.

—¿Qué haces ahí pasmada? —me regañó mi madre—. Pasa a la cocina inmediatamente.

Siempre era así, todos los días le tocaba a esta nenita trabajar en la posada. Mis seis hermanas se las apañaban para no aparecer nunca por allí. Si no eran las labores parroquiales, era acompañar a los enfermos del barrio y, si no era el mercado de Elizondo, era cualquier otra cosa. La cuestión era no asomarse por la cocina de casa. Esa tarea me correspondía a mí por no se sabe qué sibilino acuerdo familiar. Era la menor y, al parecer, ése era el único fundamento para que me hiciera cargo de las tareas más pesadas.

No hubo día en que no pensara en una posible venganza que diera un repentino vuelco a esa injusta situación y, como el obligado volteo que infligía a las tortas de maíz, aquello también tendría su vuelta. Las faenas de nuestra vieja posada no se habían inventado para mí, ya lo creo que no.

Estaba en ésas cuando me dispuse a cortar el pan sobre la mesa de la cocina y, aunque callé lo del arco de luz que vi con tanta claridad, me atreví a convertir el olor seco de la harina en una pregunta: quería saber quiénes eran aquellos tres hombres.

—Es el capitán Pellot, boba —reveló mi madre—; a sus dos amigos se les conoce como Pincho y Pepín. Los tres son marinos. Y desde aquí hasta Roma, y mucho más allá, se sabe de sus aventuras. Son como los bueyes y la carreta, nunca se separan.

Fue oír Roma, y saberme llena del eco de todas las ciudades del mundo. La cocina entera era como un atlas de países y océanos. Apenas conocía nuestro estrecho y húmedo valle, y bastó escuchar el nombre de la Ciudad Santa, para que mi imaginación volara hasta el África lejana, Etiopía, Madagascar, lejos, más lejos. Hermoso sueño que despertó en mí como despierta la primera niebla de la mañana, como tarda ésta en desperezarse. A punto estuve de cortarme con el cuchillo.

—Muévete, llévales el pan y la jarra. —La orden de mi madre me sacó de mi ensueño—. No quiero disgustos con esos señores. No es que me moleste su presencia, pero nunca hay que fiarse de los hombres de mar. Es gente acostumbrada a la pelea y las peores tormentas, ni el mismísimo diablo puede asustarlos. ¡Procura andar siempre lejos de ellos!

Me acerqué con el pan y la sidra y el más grueso de los tres, aquel al que llamaban Pincho, puso su gigantesca mano en mi cabeza como si lo hiciera en la de un cachorro. Fue como una enorme y dulce caricia contra el pelo. Nunca había visto juntos tanto cuerpo y tanto músculo. Cualquier cuba se quedaba pequeña ante semejante mortal. Su tripa era como dos veces la de mi padre, del mismo diámetro del olmo más viejo y ancho de nuestra casa, y me puse a pensar por un instante en su sastre. ¿De dónde sacaría aquel pobre hombre la tela suficiente para hacerle un simple pantalón?

—¿De dónde es la sidra? —preguntó con acento vizcaíno—. ¿La hacéis en casa?

—No, señor. No tenemos manzanos —me atreví—, y tendría que saber que sin manzanas no hay sidra, señor. Traemos varios odres de casa del sidrero de Elizondo, dos veces al año.

—Mira qué niña tan rica y descarada, ¿no crees, Etienne?

El que hablaba era el tercero, otro grandullón de nariz extraordinaria, el cual, mientras servía la sidra, dirigía la pregunta al capitán. Y al igual que él, también éste se expresaba con cierto acento vasco-francés. Nada más ver aquel pedazo de napia sobresaliendo de su rostro, supe el porqué de su apodo, Pepín. Tenía la nariz como un pepino de grande y en forma de gancho.

El capitán estaba en otra cosa, no quitaba ojo a la puerta de entrada, como si esperara ver aparecer mil demonios o una docena de dragones por debajo de aquel arco de madera. Nunca perdía la sonrisa y, sin embargo, siempre permanecía alerta, como un perro ratonero.

Ni siquiera se fijó en mí, casi mejor así, porque ya tenía bastante con la chanza de sus otros dos compañeros. Recuerdo que incluso su perfume los delataba como forasteros. Nunca había sentido una fragancia tan agradable como la que desprendía el capitán. Era como si trajera, recogidos en los bolsillos, todos los jazmines del mundo. Como esos perfumes que entre nosotros eran exclusivos de mujer y se utilizaban, una vez al año, el día de fiesta mayor. A la segunda ocasión, cuando me acerqué con la carne, se dirigió a mí por vez primera.

—Gracias, preciosa, ¿cómo te llamas?

—Inesa, señor, Inesa de Indazubi —contesté como mejor pude, disimulando a duras penas la impresión que me producían sus brillantes ojos.

—Que me parta un rayo si hay en el mundo nombre más bonito que éste. Si algún día tengo una hija, le pondré tu nombre: Inesa.

Cada cual en su medida, los tres eran elegantes. Nunca habíamos visto en casa zurrones tan preciosos, zapatos con aquella piel, espadas de plata, semejantes pistolones damasquinados en oro. Estábamos acostumbrados a las abarcas y al olor de estiércol que habitualmente traían los clientes. Y a palabras que parecían ladridos o mugidos, de tan poco amables. En nuestra posada la terquedad y el berrido eran la norma.

Quise corresponder a la inusual caballerosidad de aquellos hombres con una sonrisa, pero me entró tal sofoco, tal vergüenza por mi súbito sonrojo, que me quedé como muda y sólo acerté a salir corriendo hacia la cocina. Siendo como era todavía una niña, mi madre entendió pronto el origen de aquella repentina fiebre.

—¿Qué pasa ahora, boba? Es la primera vez que te veo tan sofocada. Tú no eres como las sinsorgas de tus hermanas, que se ruborizan por todo. ¿Qué te han dicho esos hombres?

—Que tengo un bonito nombre. Nada más.

—¿Y por eso te pones así?

—Déjame, ama —le dije, como queriendo olvidar cuanto antes aquella embarazosa situación.

Pero ella, sin contener una pícara sonrisa, me replicó que aquélla no era forma de hablar a una madre, que alguien que me trajo al mundo con tal sufrimiento se merecía mayor respeto.

—Algún día tú también serás madre y te acordarás de mí —añadió.

No dije que yo nunca tendría hijos. Que de mayor quería ser chico. Que eso de ser madre no iba conmigo. Ni que, si guardaba la esperanza de convertirse en futura abuela, no sería gracias a mí. Ni que soñaba, que soñaba y soñaba con viajar y conocer mundo.

No se percató del sentido de mis reflexiones; ella, entre pequeñas y excéntricas carcajadas, iba a lo suyo.

—¡Ay, bobita, naciste, como quien dice, ayer, y ya eres casi una mujer! ¡Pronto te colgarán, hermosos y redondos, dos pechos como cántaros! —me soltó sin dudarlo.

Desaté el delantal, hice ademán de limpiarme las manos y lo arrojé con furia contra la mesa. Dejé la prenda sobre la harina sobrante,. Veloz como un gato, salí de la cocina con el jolgorio materno pegado a los oídos.

—Corre, corre, tonta —gritaba—, y date un buen refrescón en la fuente.

Una docena de hombres permanecía aún en la posada, pero busqué la salida haciendo caso omiso de todos ellos. Contagiadas por mi aturdida carrera, dos gallinas me cortaron la huida, se enredaron entre mis piernas, y a punto estuve de alegrar el día a todos lo presentes con mi caída.

No me molestó mi novedosa capacidad de sonrojo, fue la manera que mi madre encontró de burlarse de lo que me quemaba por dentro, como si tuviera brasas en el estómago. Aunque es verdad que en un día así hasta el madero más húmedo se habría incendiado si lo hubieran acercado a mis mejillas. Refunfuñando, ahogada por un aire que no encontraba sitio en los pulmones, me senté sobre el tronco de la entrada y dejé naufragar mis ojos en las aguas del río que acariciaba un costado de la casa. Me marcharía de casa el día menos pensado, sin previo aviso. Dejaría atrás a mi madre, al borrachuzo de mi padre, a mis malvadas hermanas y el absurdo trabajo de la posada.

Yo no había nacido para ser un árbol más de Indazubi. Me sentía distinta. No como bruja, pero tampoco como santa. Ni princesa ni criada. Entonces ¿qué era? Un pájaro, tal vez. Sí, eso es, un pájaro. Cada cual tiene lo que tiene, y yo tenía alas con las que, llegado el momento, alzaría el vuelo, lejos, por encima de Elizondo, más lejos. Aunque tuviera que dejar en ello mi vida.

Me debatía intensamente en un ser y no ser cuando, desde los matorrales del río, me sentí observada. En un principio, supuse que era algún jabalí o cualquier otro animal salvaje que allí se escondía, pero de eso nada, aquella criatura tenía dos diminutas piernas y venía dando cortos saltitos hacia mí.

A no ser que se tratara de un híbrido de gallina y pato o ganso, aquello no tenía aspecto animal. Sin duda era humano, un ser muy especial, pero humano al fin y al cabo. No cabía en mi asombro. Cómo iba a imaginar que existiera ese tipo de seres. Me quedé boquiabierta y pegada al tronco, como de piedra, sin poder articular músculo alguno.

Había oído hablar de los enanos, especialmente de uno que anduvo por Pamplona como divertimento de feria, pero cómo iba a esperar poder ver a uno de esos hombres pequeñines con mis propios ojos, y menos aún en nuestra propia casa.

Efectivamente, era un enano, más bajito que yo y, además, negro como un tizón. De la nariz le colgaba un aro de oro, y de las orejas dos extraños pendientes en forma de cuchillo.

Se acercaba a la carrera, y no supe si salir corriendo

o ponerme a gritar. No sabía si debía coger un palo o azuzar el perro. No sabía qué hacer, y aunque lo hubiera sabido habría sido inútil: estaba pasmada, apresada al tronco, inmóvil como si en musgo me hubiera convertido.

Aquel renacuajo o lo que fuese, me alcanzó casi sin resuello, y a lo anteriormente apuntado, hay que sumar las extravagantes joyas de oro, plata o metal brillante que llevaba en el cuello, en las muñecas y en los dedos. Sus ojos eran negros como la noche más cerrada, y el pelo caracoleado como la lana de oveja más rizada. Mitad hombre, mitad animal, lo recuerdo más parecido a un espejismo que a una presencia viva. Ni en las viejas leyendas que se contaban en casa aparecían seres semejantes.

Cuando ahora, años más tarde, recuerdo el escalofrío o lo que fuera aquello que me recorrió todo el esqueleto, me entra la risa, pero aquel día, si no llega a ser porque tenía la garganta seca como un trozo de bacalao cubierto por un calcetín, me habría puesto a chillar como un lechón en día de matanza.

El hecho es que el extraño ser, surgido probablemente de la mala fe de Dios y del Diablo, pasó a mi lado sonriendo y enseñando unos dientes blancos como el frío.

—*Bonjour, mademoiselle* —dijo alegremente y desapareció por la entrada de la posada, dejándome con cara de pandereta descolorida— *Les soldats, mon Capitaine, les soldats!* —repetía a voz en cuello.[1]

Busqué el significado de su buen francés mirando al

1. Buenos días, señorita. ¡Los soldados, capitán, los soldados!

fondo del río, y lo obtuve en forma de docena de soldados castellanos que cruzaban al galope el puente de Inda, que da nombre a nuestra casa.

No sólo se me cortó la respiración, puedo jurar que nunca había sentido abrirse así la tierra: los perros se quedaron afónicos de tanto como ladraron, las gallinas, los gansos y los patos destriparon el silencio con su bulla. En el valle, los bueyes no mugían sino que pitaban, los caballos blasfemaban a los cuatro vientos, los borricos lanzaban rebuznos como avispas, y los gatos eran el gesto torcido del pánico.

Las flores del maíz, las hortalizas, inclinaban su tallo al paso de las herraduras. Los fresnos y abedules, acartonaban sus ramas al volar de aquellas capas. Entré en la casa como entra el viento norte, y allí, el capitán Pellot, pagaba a mi madre con prisa, pero sin perder por un instante la compostura. Luego arrojó al aire una moneda que buscaba mis buenos reflejos.

—Adiós, Inesa —dijo—, hemos cenado como nunca. Si la galerna nos lo permite, volveremos.

Rápidamente abandonaron la casa por la puerta de la cocina, y a lomos de los caballos que no pude ver hasta entonces, huyeron monte a través; así perdí la compañía de sus figuras.

Cuatro hombres escapando a truenos y relámpagos, cuatro hombres sin fronteras: el capitán Pellot, sus dos amigos, Pincho y Pepín, y un sorprendente gnomo negro que aún no sé de dónde pudo salir.

Poco antes de que el manto de la noche los envolviera por completo, pude ver nuevamente el arco de luz alrededor del capitán Pellot, y el canto cercano de una tórtola me hizo saber que volveríamos a vernos.

Una leve voz interior me insistía en que aquello no era más que el comienzo, tan sólo un maravilloso martes de 1798, en el que pude conocer por primera vez al corsario hendayés Ettiene Pellot Monvieux.

Aquel encuentro fue para mí, si lo preferís, como un día de lluvia en cien años de sequía. Un sol de madrugada, una fortuna en mitad de la más absoluta miseria.

En definitiva, una vida fosilizada, aburrida y sin sentido como la mía iba a variar a partir de aquel memorable día a la velocidad del galope a campo abierto. Vida y memoria que ahora repaso, transcribo torpemente y quisiera relatar de la mejor manera posible en estas páginas.

Muy de mañana

La balada de Inesa

La violenta entrada, de sopetón, de los soldados castellanos en la casa de Indazubi adquirió a ambos lados de la frontera el eco de un gran acontecimiento. Por aquel entonces no existían representaciones teatrales como las que hoy nos entretienen y dan noticia de cercanos y lejanos sucesos. Bastaba un hecho capaz de variar el orden aburrido de nuestra existencia para que no fuera posible hablar de otra cosa. A decir verdad, semejante sobresalto no fue para menos. Aun así, confieso que tuvimos suerte, tuvimos mucha suerte, si se considera que las incontables espadas, pistolones y mosquetes que empuñaban los soldados aquel día milagrosamente no produjeron ninguna muerte ni heridas de importancia.

No podría enumerar aquí y ahora las consecuencias de aquel inexplicable ensañamiento contra una casa, la nuestra que, con la excusa de desenmascarar el escondite de Pellot y sus compañeros, quedó totalmente patas arriba. Sillas, mesas, cuencos y vasijas, todo destrozado, absolutamente, no hubo bota de vino que escapara del tajo del estoque.

Dueño de los soldados, el odio multiplicó su embestida por la ausencia de Pellot. Escondida bajo el escaso hueco de la escalera, con los ojos abiertos como brotes de madroño, vi y aprendí, entre otras muchas cosas que el animal más fiero de esta tierra es el hombre.

Aquellos soldados entraron entre voces y bufidos, a tiro limpio, y el aire se llenó con el silbido de espadas, látigos y puñales, que destrozaban lo que pillaban a su paso, a diestro y siniestro, hasta arrinconar a todos los clientes para un lado de la posada. Preguntaban, claro, por Pellot, y si en un principio nadie parecía dispuesto a contestar, finalmente fue mi padre quien les dio la pista. El pobre no pudo resistir ver palidecer a mi madre, sacada a rastras de la cocina, tirada de los cabellos por quien en el grupo mandaba, el teniente Patraña, subteniente, lugarteniente o lo que fuera aquella mala bestia.

Mi padre, que hasta entonces nunca había dado señales de sensibilidad alguna, escondía al parecer en un lugar hondo, muy hondo, del pecho, probablemente bajo alguna partícula de piel subterránea, un diminuto corazón que se derrumbó ante la imagen humillada de su esposa.

—Han escapado hacia Francia por el camino del hayedo —dijo—. Eran cuatro, con el hendayés Pellot entre ellos, no hay duda. Escondían sus caballos detrás de la casa, en la porqueriza.

Los soldados no quisieron creerle. Para ellos, Pellot y sus ayudantes seguían escondidos en algún lugar de la casa. Era imposible que se les escaparan, no habían tenido tiempo suficiente, y abajo y arriba y arriba y abajo, no hubo lugar, por imposible que pareciera, que no registraran hasta romperlo.

Venían con la sangre revuelta de tanta rabia. Los propios soldados confesarían más tarde que eran tres los días que duraba ya aquella persecución. Desde que hallaron en Pamplona la primera pista sobre el paradero de Pellot, nunca como entonces habían estado tan cerca de apresar al capitán de Hendaya.

Por fin se convencieron de que allí, dentro de la casa al menos, no quedaba ni rastro de los supuestos forajidos, a lo que el oficial Patraña respondió con una sucesión de impotentes patadas contra todo lo que encontraran sus pies: pedazos de pan, vasijas, jarras, platos o sillas que, primero, sobrevolaban las cabezas de todos los testigos, para finalmente, acabar estrellándose contra las paredes de la fonda.

Fue precisamente entonces cuando volvió a despertar el olfato inquisidor del teniente Patraña: ¿quién había avisado a Pellot? Convencido de que el soplón estaba también entre nosotros, dejó muy claro que pillaría "a ese traidor" aunque para ello tuviera que arrancarnos, uno a uno, la piel a tiras.

Silencio. No contestó nadie. No abrieron la boca ni los clientes que, asustados, se apretaban contra una esquina como camada de cachorros abandonados a su suerte. Un solo comentario desafortunado, un solo gesto raro, una sola mirada mínimamente disimulada, sería la excusa perfecta que los soldados esperaban para retorcernos el cuello o perforarnos las tripas. No hizo falta. Bastó con que Patraña señalara con la punta de su espada el estómago de nuestro padre, para que éste no opusiera ninguna resistencia.

—Ha sido un enano negro. Él les avisó.

—¡Maldito Passepartout! ¡Condenado enano tizón! ¡Endemoniado pulgón! —gritaba Patraña, dándome noticia del sorprendente nombre de aquel ser sorprendente que se me apareció entre la maleza: Passepartout, el que pasa por todas partes, traducido del francés, claro.

Y por fin se marcharon, eso sí, tal como habían venido, entre voces y bufidos, a tiro limpio, llenando nuevamente el aire con el silbido de espadas, látigos y puñales, que destrozaban lo poco que quedaba aún por destrozar. Pero no se marcharon sin antes dar muerte a dos de nuestros perros; del tercero, un precioso perro perdiguero de nombre Argi, no supimos nada desde aquel día. Seguro que no ha dejado todavía de correr.

Recuerdo también, por mucho que hayan pasado desde entonces tantos años como para colmar dos carros llenos de calendarios, que cuando se fueron los soldados nos quedamos todos paralizados y mudos, como si los brazos y las piernas, la boca y las pupilas estuvieran cosidas entre sí.

Si reviso el interior de mi infancia, el mundo se detiene en aquel instante: en el sobrecogedor silencio que siguió a tan aterrador atropello, sólo puedo oír el corazón del río. Ni el ganado ni el resto de animales atinaban a romper aquella pausa que, no sé lo que duró, pero que nadie quiso interrumpir, no fuera que, arrepentidos de su compasión, los soldados dieran media vuelta y regresaran nuevamente. Uno, dos o siete ratos después, la primera persona que se atrevió a decir algo fue mi madre.

—Gracias a Dios que nuestras hijas no estaban aquí —habló como si nada hubiera pasado, y levantó una silla, que justo había quedado tirada ante sus pies.

—¿Y qué soy yo? —pregunté, no sólo alzando la voz, sino todo el cuerpo que no parecía el mío, de tan doblado como lo tuve durante todo aquel tiempo.

—Tú aún eres una niña, boba —contestó—. Algún día lo entenderás.

Capitán Etienne Pellot Monvieux. Ya no tuve ninguna otra preocupación. Preguntaba por él a todo viajero que paraba en la posada, sobre todo a los llegados de la zona de Francia, fueran conocidos o desconocidos, qué más me daba, lo que yo quería era saber algo, cualquier cosa sobre el capitán Pellot.

Un hombre que merecía la amenaza de tantos soldados no podía ser alguien corriente, y yo necesitaba saber qué había hecho, cómo, dónde, por qué, todo: dónde nació, cuál era su pasado, por qué lo acosaban los soldados castellanos, cómo vivía, si tenía o no familia..., cualquier detalle que calmara mi insaciable curiosidad.

De este modo, tirando de este hilo y de aquel otro, fui desenrollando la madeja de la identidad y el carácter del hendayés, y la admiración que sentí por aquel hombre distinguido que arrojó una moneda al aire y elogió mi nombre, fue creciendo más y más en mi ánimo tal como crece un montón de hierba, brizna a brizna.

Y es que todo lo que me contaban sobre él, tenía el encanto de lo maravilloso. Principalmente sus aventuras de alta mar. Ninguno de los consultados tenía una opinión ingrata sobre Pellot. Eran consideraciones de entusiasmo y afecto por un hombre que, al parecer, contaba su biografía por hazañas. Nombrar al corsario de Hendaya era no volver a hablar de otra cosa: era referir cómo el propio Pellot pudo, él solito, hundir una goleta inglesa, o cómo había salido siempre ileso de los lodazales más profundos. Aunque tampoco era menos memorable su antipatía hacia la Armada Española. Ingleses y castellanos coincidían en su odio hacia Pellot.

Seguramente era para todos ellos el hombre que más problemas creaba. No en vano, en Londres como en Madrid, habían puesto precio a su cabeza: quien lo entregara recibiría como recompensa un montón de ducados y francos, los suficientes para no volver a trabajar el resto de diez vidas.

Historias que, extraordinarias en sí, se exageraban en boca de los peregrinos que llegaban hasta nosotros. También les añadía parte de mi inventiva, hasta convertir a un señor al que sólo había visto una vez en el principal protagonista de mis sueños.

Bueno, ya digo que la niña de nueve años que fui se quedó prendada de aquel hombre. Mis anhelos brotaban junto al sol que lo despertaba, mis aspiraciones corrían tras el crepúsculo que lo arropaba.

De entre todas aquellas historias, tenía mi preferida. Me la contó un mercader gascón que también huía de la parte de Bayona. Al parecer, la biografía de Pellot como marinero comenzó a la temprana edad de trece años. Tiempo en el que se inclinó, más que por los estudios, por escapar tantas veces como podía de la escuela para salir al puerto y allí tomar prestada una chalupa con la que hacerse a la mar. Irresistible deseo que no le venía sólo de la infancia, sino de una saga familiar llena de grandes marineros.

Hubo también un vendedor de vino de Baigorri, que me contó que Pellot se quedó huérfano muy pronto, al perder a su padre en una batalla naval. A cambio, le entregaron una medalla. También me contó que un tío comerciante se hizo cargo del pequeño Etienne Pellot, pero que tampoco él pudo quitarle de la cabeza el deseo de aventurarse como marino. Los ojos del niño Pellot siempre volaban hacia el mar. Como los míos, que continuamente soñaban con el ir y venir de las olas.

Después añadió que, desde entonces, no existe mar que no conozca la estela de Pellot, ni galeón ni fragata inglesa o española que haya resistido su ofensiva. Me dijo, por último, que era conocido también como *Le Renard Basque,* que traducido del francés viene a ser lo mismo que El Zorro Vasco.

Fue suficiente: tenía que salir tras los pasos de aquel hombre como fuera. Sería como un ejemplo a seguir. El único. Y como él, tomaría el camino del mar en cuanto cumpliera los trece años. Pero antes debía conocer por mí misma ese mar que sólo adivinaba de oídas, aprender el oficio, familiarizarme con el agua salada, aprender a nadar como es debido, saber cómo funcionaba un puerto, dominar las largas distancias. Ya que tanto me habían insistido en que en el mar no encontraría ni montes ni señales que me indicaran el camino. "Sólo podrás fiarte de las estrellas, y eso si te lo permiten las nubes", me dijeron.

Para poder hacerlo, me impuse un plazo muy concreto: abandonaría Indazubi al cumplir los diez años. Y no me retendría ni el recuerdo de mi madre ni el de mis hermanas, mucho menos el de mi ocioso padre. Nada iba a impedir que levantara el vuelo, lejos de aquella vieja fonda situada sobre el río, muy lejos. Allí no tenía futuro, salvo acabar como mis hermanas, en brazos y en la cocina de algún vecino del lugar. Y ese rumbo no encajaba con el de un ave con ansias de lejanía y libertad.

Los días transcurrieron lentamente, más lentamente aún las noches. Parecía que el propio deseo de salir de Indazubi hubiera frenado el paso del tiempo. Pasaba las horas sumida en mis propios sueños, desatendiendo completamente las tareas de la casa. Lo que no pasó inadvertido ni para mis hermanas ni para mi madre, que no disimulaba su preocupación por un cambio de personalidad tan repentino.

—No me des ningún disgusto, cariño —repetía una y otra vez, como si intuyera lo que estaba a punto de suceder—; por favor, no me hagas llorar, corazón mío.

Río abajo

La balada de Inesa

Ahora que sumo ya la tira de años, por dondequiera que empiece a contar mi historia, no tengo la menor necesidad de exagerar o inflar lo que quiero decir, y si vuelvo a los días en que abandoné por fin nuestra casa de Indazubi y tomé el camino del mar, no me equivoco si afirmo que las niñas de mi tiempo eran, sin duda, más decididas y valientes que las de hoy en día.

Cojamos al azar cualquier niña que en la actualidad tenga diez años y comprobaremos que le falta fuste para todo. Vamos, que sigue siendo una niña todavía muy niña. Nosotras, en cambio, cuando alcanzábamos esa edad, ya hacía mucho tiempo que sabíamos hacer de todo. He explicado anteriormente que siempre me "tocaba" a mí trabajar en la cocina, y resulta que, si repaso mi infancia, me veo invariablemente de esa manera, trabajando, trabajando y trabajando. Tengo la sensación de que lo primero que hice al nacer no fue ponerme a llorar, sino a trabajar. Nada que ver con las facilidades que tienen las niñas de hoy, cosa que, quiero dejarlo bien claro, me alegra profundamente.

Unas veces era lavar la colada en el río; otras, cuidar de las gallinas y el resto de los animales, o segar el heno y limpiar la cama del ganado; y si no, era coser a cualquier hora, tener que atender esquina por esquina toda la casa; no había descanso. Antes de que asomara el sol ya estábamos en pie, y nos acostábamos cuando la luna había encendido ya todas las estrellas del cielo. Ni días de fiesta ni nada que se le pareciese. Nuestro modo de vida se podría comparar con un infierno, si es que existe tal en este mundo.

Recuerdo, por ejemplo, que mi madre me mandó al monte cuando tenía sólo siete años, en busca de los caballos. Nunca olvidaré aquel día, porque fue precisamente entonces cuando empecé a comprender quién y cómo era yo.

En aquel tiempo, manteníamos una docena de caballos, de los que sólo una yegua estaba domesticada: era una preciosidad de grandes ancas y larga cola de color canela. Aquel día había que traerla cuanto antes, ponerle la silla de montar y salir hacia Elizondo a por sidra. Eran las cuatro de la madrugada cuando mi madre fue a despertarme.

—Quiero verte de vuelta con la mansa al mediodía —no dijo más.

Sin embargo, me vino muy bien el encargo, pues podría pasar toda la mañana en el monte, o lo que era mejor, lejos de las fastidiosas tareas de todos los días. Pero, ingenua de mí, no me percaté de algo elemental, a saber: ¿por dónde andaría la mansa?, ¿por los prados de Zorrozpe o en lo más hondo del bosque de Lepo?, ¿sobre el valle de Maripotzu o cerca de los terraplenes de Kapelin? No había modo de saberlo. La medida y extensión del monte impedían localizar nada a simple vista, igual que en el mar. ¿Qué digo, igual?, peor que en el mar.

Partí en busca de la yegua sin saber muy bien por dónde empezar. "¿Qué hago, sigo río abajo o mejor monte arriba, a la izquierda o a la derecha?", qué iba a saber una niña de siete años en medio de toda una inmensa superficie de rocas y árboles, con la sola compañía de un pequeño perro al que llamábamos Turko. Y querían, además, que estuviera en casa para el mediodía.

También hay que añadir a todas esas circunstancias el calzado que utilizábamos en aquella época, nada que ver con el de ahora, mejor elaborado, sin duda. Hoy, unas abarcas o cualesquiera zapatos te protegen el pie perfectamente. Entonces no, entonces únicamente llevábamos una especie de suela de cuero que sujetábamos como mejor podíamos a un trozo de cuerda. Eso era los más parecido a unas buenas botas que, a la mínima, si uno pisaba algún pozo o daba un mal paso, le dejaban los pies desnudos.

Pero no iba a quedarme allí pasmada, había que tomar una decisión y pronto, así que opté por acelerar el paso hacia una de las cimas, que bien podría servirme como mirador desde el cual poder localizar a la manada.

Al poco tiempo me encontraba en la punta del Eztenbegi. Y para nada. Igual que cubren las sábanas el cuerpo de una cama, fue llegar y encontrar todo el valle oculto por la niebla de la mañana. Sólo se presentía, por aquí o por allí, el sonido lejano de la campanilla de alguna oveja separada del rebaño.

Volví a recorrer dos o tres alturas más, antes de acabar derrengada. Ya no podía más, la verdad, y justo cuando el sol chorreaba rayos de luz, y el mediodía se volvía cada vez más envolvente, más sofocante, caí en la tentación de pararme a descansar cerca del paraje que conocemos como Sorginiturri. Y después de tanto paseo, el plazo dado por mi madre ya me pisaba los talones.

No sabía qué hacer. Para empezar de nuevo, decidí preguntarle a mi pequeña cabecita. Podría pasar así, monte arriba, monte abajo, sin saber dónde buscar, el resto del día, incluso el resto de mi vida, y no encontrar nada. Tenía que haber otro modo de dar con los caballos, tenía que haberlo, a buen seguro. Debía fijarme en las señales, aprender a interpretar las huellas. Hablar con el viento, consultar los sonidos, conocer los olores.

Y hoy es la ocasión en que puedo afirmar con orgullo que aquel día aprendí a leer lo que el monte deja escrito sobre las líneas de los prados, bosques y valles. Como si de un libro abierto o un viejo documento se tratara, exactamente igual. No hay ninguna diferencia.

Si se observan detenidamente sus veredas y senderos, si se hace le mayor esfuerzo posible en estudiarlos, no se dejará de reconocer que el monte sabe hablar a través de ellos. Lo cuenta todo. De repente, mis ojos empezaban a distinguir el mechón arrancado de un jabalí en la corteza de una encina o un abedul, plumas de chocha disimuladas entre la espesa maleza, y pisadas de tejón alrededor de los castaños. La tórtola, el tordo, la liebre y el zorro, todos los animales dejaban una señal para quien la supiera ver. Allí donde antes no oía nada, cantaba un auténtico coro. El monte era en ese instante una orquesta. O dicho de otro modo, era yo quien hasta ese preciso momento había permanecido ciega y sorda, incapaz.

Estudiaba las huellas que dejan los caballos y sabía cuánto tiempo hacía que pasaron por allí: si las encontraba húmedas o encharcadas, las huellas no eran recientes. Pero si estaban bañadas únicamente por el rocío de la mañana, eran huellas de ese mismo día. Aprendí también a leer en las heces de caballo. Las cogía y las abría con mis propias manos. Si el excremento estaba ya seco, no me servía: era de hacía mucho tiempo. Aun así, siempre me indicaban por dónde se movían o el lugar más o menos exacto donde habían comido: dulce hierba del valle o secas raíces de las cimas del monte.

Puedo decir que si hasta entonces me sentía completamente perdida e incapaz, de pronto, a partir de ese día, me vi suficientemente preparada para hablar con la naturaleza igual que si lo hiciera con un amigo. No he vuelto a desorientarme nunca en ningún terreno. Siempre hay un indicio, una pequeñísima pista, alguna señal casi imperceptible para quien, antes que a mirar, aprende a ver.

Y por muy increíble que parezca, puedo contar sin faltar a la verdad que, tras el respiro que me tomé en la zona de Sorginiturri, la pequeña Inesa de siete años no volvió a dar ningún paso equivocado. Volví a salir tras los caballos y los encontré donde supe que estarían, junto a un cruce por el que ya había pasado hacía cinco horas.

Nadie me lo había dicho antes, pero cuando observé a parte de la manada tendida sobre la hierba, mi propia intuición o el eco de una secreta y lejana voz interior me decía que, a pesar de lo despejado que estaba el cielo, llovería, y pronto.

Es cierto que no sabía exactamente dónde me encontraba, pero fue subirme a lomos de la mansa y olvidarme de cualquier nuevo problema: la yegua conocía la ruta de regreso a casa de memoria, sabía perfectamente qué camino y qué repecho había que tomar, ahora para arriba, luego hacia abajo, seguidamente a la derecha, después a la izquierda, y por fin recto a Indazubi.

Tal como iba, sentada a lomos de la mansa, me sentía como una reina o una diosa. Y debía de ser poco más del mediodía cuando llegábamos los tres bajo una tromba de truenos, la mansa, el perro y la pequeña reina. Mi madre nos esperaba nerviosa en la entrada.

—Bueno, bueno, Inesita, las insulsas de tus hermanas tienen mucho que aprender de ti. Siempre lo he sabido. Baja, princesa.

Se alegraba de verme. Y me recibió con un beso y un abrazo, como llevaba mucho tiempo sin hacer.

Así era nuestra madre, no había modo de saber cómo reaccionaría. Unas veces dulce como la nata y otras, en cambio, agria como el más amargo de los vinagres. Ya sé de dónde me vienen los repentinos cambios de humor.

Pero, en fin, creo que ya me he desviado bastante de la cuestión, volvamos a tomar el hilo de lo que quería contar verdaderamente. Y lo que quería decir al principio es, simplemente, que cuando ahora veo a una niña con zapatos y vestido nuevos y el pelo recogido y peinado por su madre compruebo que el mundo ha cambiado mucho. Que las niñas de mi tiempo nos identificábamos más con los animales del bosque que con las imágenes de las capillas. Que, vamos, éramos más bien salvajes.

Creo, sin duda, que el día en que decidí dejar atrás Indazubi, fue precisamente esa actitud casi salvaje la que me ayudó a llegar viva hasta la costa.

Y no es que nuestra casa quedara muy lejos de Hendaya, treinta millas, más o menos, pero tengo la impresión de que difícilmente podría soportar una niña de ahora lo que en aquel trayecto tuve que sufrir y soportar yo.

De hecho, me sentía dispuesta a todo, decididamente atrevida, sin ningún tipo de temor, segura de mí misma y segura, sobre todo, de que tarde o temprano, mi futuro y el del capitán Pellot iban a fundirse en el abrazo de un destino común. Sabía que las propias aguas del corsario de Hendaya acabarían moviendo la rueda de mi molino interior. Que algún día él sería el sol y yo la luna que giraría a su alrededor. Estaba tan segura de ello como de la tierra que pisaba con mis propios pies. No preguntéis ni cómo ni por qué. Lo sabía.

No me anduve con rodeos, y busqué inmediatamente la línea del mar, siguiendo el curso descendente del río. Si no eran los nervios era la emoción, pero durante un buen rato creo que no fui consciente de nada, apenas recuerdo haberme cruzado con la sombra de dos o tres carros. Hasta llegar al cruce de Endarlatsa. Allí acabó mi tranquilidad.

Aparecí en aquel cruce, agotada y hambrienta, cuando las estrellas empezaban, poco a poco, a hacer sus primeras apariciones. Ya apenas podía ver nada, pero atraída por el murmullo de voces de un grupo de hombres que, no muy lejos de allí, se abrigaba al calor de una hoguera, definitivamente me dejé caer contra el regazo de un haya cercana a la cuadrilla. Llevaba una pequeña prenda de abrigo envuelta en un trapo, la saqué para resguardarme del frío y, antes de que el crujido de mi estómago retumbara por todo el bosque, me quedé dormida como se duerme un pollito contra el calor de la gallina.

La mañana siguiente me desveló con su gélido rocío. Abrí los ojos y cuatro hombres me observaban desde arriba. Enseguida reconocí en uno de ellos aquel gesto de lagarto con bigote: era el mismísimo teniente o lugarteniente Patraña, o lo que fuera aquella mala bestia que hacía poco menos de un año había dejado nuestra casa patas arriba.

—Eh, chico, ¿quién eres, y qué haces aquí? —preguntó, mientras con la punta de su espada me daba pequeños golpecitos en el costado.

No respondí. Quienes nacemos cerca de la frontera, sabemos muy bien que a cada cual hay que contestarle en el mismo idioma y en que pregunta y con el mismo acento. De no poder hacerlo así, es mejor no abrir la boca. Un extranjero puede despertar odios ocultos. Además, seguro que mi voz de niña acabaría por delatarme.

—¿Conque eres mudo? —añadió, mientras me obligaba a levantarme con la punta de su espada.

Los tres soldados que lo acompañaban se reían de mi fragilidad.

Levantarme, recibir un tremendo soplamocos y volver al suelo, fue todo uno. Me pareció recibir la monumental coz de un caballo. Por supuesto, caí ligera como una pluma. Siendo yo como era tan poca cosa, me sentí hecha añicos. Alguien que como aquel Patraña era capaz de pegar, y de qué forma, a una pobre criatura como yo, no podía ser más que un cerdo muy cerdo. Un hombre lleno de crueldad y maldad o la más venenosa de las serpientes.

Mi decisión fue clara: actuaría como un mudo, eso es, para aquel hombre y sus soldados sería un auténtico mudo. No me arrancarían ni una palabra. Ni ruegos ni llantos. Nada. Mi comportamiento sería a partir de entonces el de un mudo, mis gestos, mis muecas, mis movimientos, todo, igualitos a los de un mudo. Y no iba a ser yo quien les diera el gusto de verme llorar. Ya lo creo que no. A la pequeña Inesa de Indazubi le sobraba valor para eso y para mucho más.

Volví a levantarme, pero con la ayuda del teniente o subteniente, o lo que fuera aquella mala bestia de nombre Patraña, que me aupó agarrándome con fuerza de las orejas. Pero yo ni mu: ni quejas, ni quejidos. Lógicamente, estaba que no aguantaba, pero prefería mil veces aquel dolor, a traicionar mi propia decisión y avergonzarme de mí misma. Bien que compensé semejante suplicio devolviéndole, llena de odio, una mirada que si hubiera adquirido la forma de bala, le habría atravesado allí mismo el corazón de parte a parte.

—¡Mire cómo le mira, mi teniente! —dijo uno de los soldados—. Pretende asustarle con la mirada. ¡Uuuuh!

Le rieron la gracia a carcajadas, je, je, je y ja, ja, ja, mientras me zarandeaban como a un trapo. Era su nuevo juguete, y se divirtieron por un buen rato, al igual que un gato cuando juega con un ratón entre las patas.

—¿De dónde viene el mudito? ¿Adónde va el mudito? —curioseó otro de los soldados.

Llevé los dedos a la boca para hacerles saber que no podía hablar, que era mudo. Luego señalé hacia el río, hacia la parte de más arriba, para que vieran de dónde venía y, por último, apunté con el dedo la parte más baja del río, para que supieran adónde iba.

—¿Y qué buscas?

Como veía que no tenían intención de acabar con el interrogatorio, acerqué mi mano izquierda a la boca haciendo la señal de que tenía hambre.

—Pues si no has aprendido a comer piedras, con nosotros lo tienes claro —me dijeron.

Y de pronto se aburrieron de mí. Basta de juegos. De repente, todo había terminado. Recogí mis pocas pertenencias, las envolví en el trapo y retomé el camino del mar sin dirigirles la mirada.

"Ya les vendrá la vuelta —pensé—, ya llegará el momento, volveremos a vernos, teniente o lugarteniente Patraña, o lo que quiera que seas. Espérame. Y te sacaré las tripas con mis propias manos y se las daré de comer a las moscas. ¡Lo juro!"

Olor a salitre

La balada de Inesa

Quería dejar Endarlatsa lo más lejos posible, y a medida que el río ensanchaba su forma de agua, los rincones se iban llenando de gente. Carros, viajeros, cientos de hombres y mujeres aparecían monte abajo, a izquierda y derecha, o surgían de la angosta arboleda que protegía los bordes del camino, para convertir en un auténtico hormiguero humano lo que pocos metros antes me pareció un lugar desértico. La ruta hacia el mar, semejaba, ¿cómo decirlo?..., un gigantesco embudo que se llenaba de gentes, animales, utensilios y carruajes muy diversos en la parte más ancha, para luego vaciarse a través de un estrecho cuello.

Ocupar un lugar dentro de aquella caravana fue mezclarme con el eco de mil voces y la voz de mil ecos. Y aunque distinguí en primer término los acentos del euskera y del francés, y seguidamente la entonación del castellano y del caló, pues allí se hablaba variedad de idiomas. Y era curioso que todos me resultaran conocidos y desconocidos al mismo tiempo, porque aquellos que se expresaban en euskera no siempre lo hacían en el dialecto de nuestra zona. Eran gentes venidas probablemente de más al oeste, o al este, o al sur, y yo no estaba habituada a otro euskera que no fuese el de nuestra propia casa.

En fin que, antes de que pudiera darme cuenta me vi atrapada por el anzuelo de una muchedumbre. Intentábamos avanzar repartidos en largas colas que parecían no tener principio ni final y, a pesar de que debía resolver el problema de la comida cuanto antes —llevaba dos días sin probar bocado—, era consciente de que, comparado con los que allí podía ver e intuir, el mío era un problema menor, casi ridículo. En la palidez de sus rostros y en el doloroso silencio con el que tosían a menudo, se adivinaba no sólo su hambre, también su enfermedad. ¿Qué esperarían encontrar al final del viaje?

Cientos de enfermos se amontonaban, se aglomeraban en aquella procesión de miseria y tristeza, de la que rescato siempre una imagen que no olvido y me tortura, la de todas aquellas mujeres con los hijos llorando en sus brazos. Madres con los ojos y los pechos secos, hijos que gemían de pura hambre.

Los soldados nos escoltaban a derecha e izquierda, vigilando que nadie se saliera de un pasillo que marcaban con su simple presencia. A cada poco, encontrábamos hogueras, caballos y alimentos que no eran para nosotros. Los perros nos ladraban con rabia. Y me pasó rozando un carro lleno de cadáveres, con los cuerpos apilados como sacos destartalados, unos sobre otros. Si existe un lugar que pueda ser el peor del mundo, yo estaba atrapada en él, como ave cazada por la red.

Necesitaba ayudar a todo el mundo y no podía. Iba de un sitio para otro, de un enfermo a otro, de un herido a otro. Casi todos necesitaban socorro. Parecía el día después de una guerra sangrienta. Y luego se sumaba un cansancio apretado, un frío que era horrible. También vi leprosos fuera del camino, aislados como perros sarnosos, que tendían sus manos descompuestas para pedir una limosna que nunca llegaría: allí sólo había ricos en desgracias.

El mar no podía estar ya muy lejos, pero no veía nada. Desde donde me encontraba sólo seguía viendo algo que no podía creer. Hasta entonces siempre había concebido el mar como el lugar donde iba a ser libre. Creía poder encontrar en su inmensidad la curación de los males del mundo. Y cuanto más me aproximaba a él, más me alejaba yo de esa convicción. Entendí perfectamente que la esperanza no vive más allá de uno mismo. Y que, como la muerte y la vida, como la noche y el día, es una adivinanza que sólo nosotros mismos podemos resolver.

Ya no sabía qué sentir. Ahí estaba, igual que una hormiga en un remolino de elefantes. Hormiga preocupada, eso sí. Porque nada podía hacer por cambiar aquella injusta realidad, y finalmente, también yo me rendí del todo. Incliné el rostro y clavé los ojos contra el suelo para poder seguir caminando sin mirar ni ver. Imposible resistir tanto dolor. Sólo las frecuentes discusiones que se formaban a mi alrededor o el paso de algún soldado a caballo me despertaban de ese desmayo anímico en el que me había dejado caer, el resto era maldecir mi fatal destino y lamentar la angustia de mi profunda tristeza. Sólo la admiración por el capitán Pellot me hacía andar; bueno, no sólo eso, también, por qué callarlo, también me movía el rencor.

Sí, el rencor. De ninguna manera podía entender lo que me había hecho el teniente o subteniente Patraña, o lo que fuera aquella mala bestia. ¿Qué motivo, qué razón le empujaba a maltratar y despreciar así a la gente? ¿Por qué a mí? ¿Qué clase de espantosa locura, qué tipo de veneno alimentaba su corazón?

—Maldito cerdo, culebra miserable, monstruo indecente. ¡No te entrará, no, hasta el estómago, un mal aire que te haga explotar! —grité para mí, reafirmando el juramento de Endarlatsa—: ya llegará el momento en que te saque el corazón y los pulmones y las tripas con mis propias manos y se las dé a comer a las moscas. ¡Ya lo creo que llegará!

Aquel triste día aprendí realmente lo que son las fronteras. Los propios límites que de por sí tiene cada ser humano, y las irracionales líneas geográficas que separan a los pueblos unos de otros, y no sólo en el mapa.

Entendí que crecer es perder la ingenuidad de la infancia, olvidar el pánico de la inocencia, para de nuevo nacer como persona. En definitiva, que hay que salir del cascarón materno y sacar de donde sea el valor suficiente para avanzar por ti mismo. Y que, al darnos cuenta del valor que tienen nuestra personalidad e independencia, podemos soportar el dolor y el vacío que supone dejar atrás una casa y una familia.

Supe también cuáles son las fronteras exactas que hay entre los distintos pueblos. En aquel cruce de caminos que había al borde del Bidasoa, justo entre las provincias de Navarra, Lapurdi y Guipúzcoa, muy cerca del paso fronterizo de Behobia, que separa hoy los reinos de España y Francia, aprendí tantas cosas...

Y aunque parezca impensable sacar algo positivo de una situación tan penosa como aquélla, reconozco que me gustó el hecho de que algo importante cambiaba dentro de mí, y darme cuenta de ello. Era como si sumara nuevas virtudes y mejores capacidades a cada prejuicio infantil que perdía. Para bien y para mal, estaba madurando. Y cómo. Eso era precisamente lo que yo quería: crecer y madurar rápidamente.

Antes de ver a aquella pobre gente, mujeres, hombres y niños desamparados, antes de tenerlos a mi lado, nunca había sentido tal tristeza. Todas las penas de niña que me acompañaron hasta aquel momento parecían ligerezas; anécdotas sin interés, comparadas con lo que estaba descubriendo con mis propios ojos. Y entre otras cosas descubrí, por ejemplo, algo totalmente nuevo para mí: la impotencia que te crea no poder ayudar a tu semejante. Además, fue esa misma pena la que me hizo ver claramente que el sufrimiento es una de las escuelas más importantes de la vida. Aquel día aprendí, sobre todo, que empezaba a ser dueña de mi destino.

Lo mismo me sucedía con el sentimiento de rencor. Sentimiento que tampoco conocía hasta entonces y despertó en mí la brutalidad con la que me trataron el teniente o el almirante, o lo que fuese aquel Patraña,y sus soldados. Anteriormente claro que me había enrabietado contra mi padre o alguna de mis hermanas, pero era simplemente eso, un enfado que se iba como había venido, así sin más, que desaparecía al poco rato de ponerme a hacer cualquier otra cosa. Pero nada tenía que ver con eso esta nueva sensación. Es como algo que notas pegado al cuerpo. Y aunque siempre he tenido mucho cuidado de no dejarme guiar por el odio, reconozco que, en aquel entonces, me dio fuerzas. La energía y firmeza necesarias para seguir adelante, aunque sólo fuera para hacerles pagar con creces a los soldados y, sobre todo, al teniente cara de sapo, cuanto, además, sin motivo alguno, me habían hecho.

Así es, una vez más lo reconozco. Pero me sentí nuevamente tan preparada y decidida, tan llena de nuevas emociones que me inspiraban confianza en mí misma que cada vez que miraba hacia delante me convencía con más firmeza de lo acertada que había sido mi decisión de abandonar Indazubi. Aún más, creo que crecía a cada paso que daba. Me hacía mayor a cada instante.

Pero no todos eran muros interiores que podía derribar con el ánimo renovado. Había otros que difícilmente se pueden franquear de ese modo. Los soldados marcaban las entradas y salidas hacia todas partes. Había guardias aquí, allí y más allá, separados unos de otros, a los dos lados del puente. Y al verlos, como veía a todos, armados hasta los dientes y tan próximos los unos de los otros, me preguntaba cómo no se mataban a tiro limpio allí mismo si tanto se odiaban entre sí.

Yo he nacido en el monte, y no entendía ni cómo ni

por qué las personas no podían andar de un sitio para otro con absoluta libertad. Que se negara a los hombres y mujeres de aquel lugar del Bidasoa lo que jamás podríamos quitar a la fauna del bosque. ¿Acaso no nacemos libres?

Con el paso del tiempo he aprendido que las personas sólo nos hacemos esas y otras preguntas fundamentales cuando apenas somos unos mocosos. Que a medida que vamos creciendo no sólo nos acostumbramos a cualquiera de las absurdas leyes del mundo, sino que las obedecemos sin rechistar, tal como cumplen el sauce o el mimbre las exigencias del viento. No sé, creo que no hay ni libertad ni sabiduría como la de un niño. Y que es inútil, ya de mayores, pretender una explicación para todo. La honradez y la sinceridad corresponden únicamente a la infancia.

Me encontraba, ya digo, atrapada por un sentimiento mezcla de terror y de dolor, en medio de un camino que se abría a mil caminos cerrados por una frontera. Una más, entre cientos, miles de personas que, como yo, querían cruzar también a la otra orilla del río. Dejar atrás tanta miseria, huir de aquella penuria que me estaba ya asfixiando.

—Al otro lado, Francia, y los franceses nos han declarado la guerra. No se puede pasar —gritó desde su caballo un soldado castellano—, y al que lo intente, yo mismo le meteré dos balazos.

El caballo de quien así nos hablaba sería el pobre causante de lo que seguidamente aconteció. Sofocado y agobiado como se sintió al estar rodeado de tanto barullo, presa del pánico, arrojó primero al jinete contra el suelo, luego, de tan furiosas que eran sus coces, se deshizo de las herraduras que chocaron violentamente contra las cabezas y las costillas de los más próximos. De repente, salió desbocado y, en su loca carrera, bastó que me rozara con el pecho para que, como un pequeño saco de arroz, saliera despedida contra una cuesta por la que rodé y rodé hasta el río.

Sentí el golpe gélido del agua al instante. Me había vuelto como insensible: no era gran nadadora, aunque sabía defenderme en cualquier caso, pero no podía, ni brazos ni piernas me respondían. Como partes de un títere al que se le han roto los hilos, parecían no querer hacer caso a mi petición reiterada de auxilio, como trozos del cuerpo puestos ahí a propósito para hundirme, para empujarme más y más hacia lo más hondo del río. En vez de remos, eran anclas que buscaban el fondo del río Bidasoa.

Un barco de plomo que se iba a pique, eso era mi cuerpo. Y la ropa, un abrigo de piedra que me cubría enteramente. Sólo los sentidos de vista, oído y razonamiento se mantenían despabilados. El resto era un organismo inmóvil.

Como en una visión, mis ojos recogieron cientos de miradas que, desde el otro extremo de la cuesta, no podían disimular un sentimiento de espanto. Recuerdo especialmente los colores, prendas y vestidos de mil tonalidades y, sobresaliendo entre todos ellos, el amarillo de un pañuelo con el que una mujer ocultaba aterrada su rostro. Imágenes que poco a poco se hacían pequeñas, cada vez más pequeñas, hasta desaparecer en un extraño tapiz de niebla.

Mis oídos percibieron un torrente de voces e idiomas distintos. Gritaban que me estaba ahogando, que había que hacer algo, que ya era tarde. Las mujeres reclamaban a los soldados y a los hombres que no dejaran que me ahogase. "Se está ahogando", lo advirtieron en euskera, en caló, en francés, en español, en todos lo idiomas. Que se ahogaba una niña, y que hicieran algo. Y el eco, poco a poco, se hacía más lejano, cada vez más lejano. Y eso fue lo último que pude oír, que ya era demasiado tarde, que me había ahogado en las gélidas aguas del Bidasoa.

Mi capacidad de razonar tampoco quiso llevar la contraria ni a los ojos ni a los oídos: me dijo que estaba muerta, ahogada. Con los pulmones cerrados por el barro del Bidasoa. Que allí se acababa la historia de la pequeña Inesa. Su inútil huida de Indazubi.

Por primera vez en mi vida se me apareció la sombra feroz de la muerte, pero puedo decir, ahora que lo sé, que tampoco es para tanto. Que es absurdo sufrir con la idea de que tarde o temprano dejamos de respirar. Al fin y al cabo, pienso que la muerte no es más que otra forma de cerrar los ojos y quedarte dormida.

Además, en ese último instante que no pertenece ni a la vida ni a la muerte, existe la oportunidad de decir adiós a los seres queridos. Todas nuestras experiencias regresan a la memoria con una fuerza renovada, todas, las más importantes y también las más insignificantes. Y más que llorar por tener que abandonar la vida, se siente el deseo de que todo termine cuanto antes para poder descansar en paz. No, la muerte no es como la pintan. Y lo digo porque lo sé y la conozco.

Sí hubo, en cambio, algo en ese ahogo que me molestó profundamente: tener que marcharme sin volver a ver al capitán Pellot. Me había contagiado la fuerza suficiente para salir de Indazubi. Fue como un imán para mí, y haber llegado hasta allí para quedarme sin decírselo, era algo que, en verdad, no me hacía ninguna gracia.

No obstante, insisto en que eran emociones que, aunque parezcan de angustia, la muerte se encarga de dulcificar, de allanar, como iguala la nieve la silueta de un monte. Y sólo se siente el deseo de dormir profundamente... dormir... olvidar la vida... descansar... apagarse con el cálido soplo de la muerte... como una vela... igual que una vela...

El Paraíso

La balada de Inesa

Primero fue una tos terrible, después, un fortísimo dolor de pecho, los que acabaron por despertarme. Estaba tendida sobre la hierba, sobre una humedad que literalmente no sentía, que hacía imperceptible mi cuerpo empapado. Como una mancha de agua contra el agua.

Boca arriba, mi pequeño cadáver se esparcía sobre la tierra. Mis ojos se abrieron para observar la tristeza de un cielo que asomaba entre las grandes hojas de un tilo. Volví a cerrar y a entreabrir los ojos una y otra vez. Otra vez. Otra vez. No tenía ni la menor duda. No había muerto, no podía estar muerta. ¿Qué recién ahogado en el río Bidasoa podría rastrear por entre las ramas de un tilo las nubes negras del cielo? ¿Qué recién fallecido podría plantearse si el nuevo día había amanecido con el cielo más ó menos despejado?

Aun así, y aunque lo lógico habría sido experimentar como una tromba de felicidad, yo sentía una pena indescriptible. La muerte también tiene sus cosillas: una vez te toma en su regazo, deseas que ese abrazo no termine nunca. Es como un hechizo de paz y descanso. Adviertes que dormir y morir es entregarte a la misma madrugada. La diferencia está en que en una se sueña y en la otra no.

Resulta mucho más doloroso nacer por segunda vez que morir por primera y última vez. Una vez has conocido ese territorio de tanto silencio, ese otro lado sin dueños ni zumbidos de este mundo, jamás olvidas el eco de tan inigualable emoción. Lo garantizo. Ya nada vuelve a ser lo que era, los mapas abren sus viejas fronteras a nuevos y mágicos lugares, y esa sensación que tenemos de miedo, de que siempre hay alguien que quiere hacernos daño, desaparece. Te sientes dispuesto a todo.

Tengo claro que una vez que morimos nos convertimos en personas distintas. Ni mejores ni peores que las que dejamos atrás. Distintas, sin más. Como un explorador que encuentra ese lugar en el que nadie creía. Algo así. Y es entonces cuando el tiempo y el espacio toman su auténtica medida: el minuto deja de ser corto o largo, un minuto dura lo que dura un minuto, ni más ni menos que sesenta segundos. La sexagésima parte de una hora.

Volví a entreabrir los ojos, esta vez y por si acaso para los lados. Dos personas me miraban fijamente apoyando las rodillas contra el suelo. Un hombre calvete y una mujer que andaría por la edad de mi madre. Recuerdo que me pareció guapísima. Los dos sonreían. No cabían de gozo por haber podido arrancar de las garras de la muerte a una pobre criatura como yo.

—¿Cómo te llamas, pequeño? —preguntó la mujer.

—Nicolás —le contesté, entre toses y carraspeos.

—Bienvenido, Nicolás —declaró entonces el hombre que me tomó entre sus brazos y me condujo así hasta una casa cercana.

A pesar de sentir aún las patadas del frío y las caricias de la muerte, enseguida me percaté de que aquella casa no se parecía en nada a la nuestra. Para empezar, no era una casa, sino un palacio rodeado de dos o tres casitas. La habían construido justo a la vera del río, sobre un pequeño montículo del que parecía iba a zambullirse en el agua de un momento a otro. Desde allí precisamente se acercó un grupo de mujeres y niños que, a la carrera, buscaban encontrarse con la persona que había estado a punto de ahogarse.

Una vez dentro de la casa, me colocaron directamente junto al fuego bajo y pidieron que me despojara de mis ropas inmediatamente. Y eso sí que no. Pero mi negativa fue inútil. Dos mujeres me sujetaron de los brazos y los demás se dispusieron a desnudarme.

Me revolví como se revuelve un caballo o un toro. Me resistí como se resiste un jabalí. Sacando fuerzas de flaqueza, logré escapar a otro rincón de la cocina. La hora de la muerte puede resultar agotadora, pero no tanto como para que me rindiera.

—Que no me quito la ropa. Que no y mil veces no.

—Pero ¿qué te ocurre, querido? —preguntó la mujer del rostro hermosísimo—. Vas a enfermar si no te mudas, toma esta ropa seca y cámbiate tú solito en ese cuarto. Venga, rápido, y vuelve junto al fuego.

Era mejor esta propuesta, y pude cambiarme en la intimidad de un lugar seguro. Poco a poco, los escalofríos empezaban a evaporarse. No así la entera disposición de no revelar mi auténtica identidad. Me presentaría como Nicolás, Nicolás Urtubi, vecino de la comarca de Elizondo. Y así aparecí en la cocina, añadiendo el timbre más serio que pude a mi voz.

—¿Dices que de Elizondo? —seguía el interrogatorio—. ¿Y cómo demonios has llegado de tan lejos? Con lo mal que están los caminos.

Como es fácil de imaginar, me resultaba sumamente doloroso mentir a aquella gente tan bondadosa. Pero ya no podía cometer el menor error, y decía que sí, que era hijo de un cestero de Elizondo y patatín y patatán. Que una mala bestia, de nombre Patraña, no contento con matar a toda mi familia, iba a entregarme a su señor como siervo. Pero que logré escapar en el cruce de Behobia y que el golpe de un caballo desbocado, finalmente, me había arrojado al río.

Mientras improvisaba mi relato no se movió ni una mosca en aquella cocina. Hasta que nombré a Patraña.

—¡Patraña! —repitió alguien del grupo—. ¿No es ese el que violó y mató a la madre e hijas de Landarbaso?

—Sí, el mismo que dio fuego al palacio de Justiz, después de encerrar dentro a todos sus habitantes.

—¡Maldito cerdo! —sentenció, por último, la mayor de entre las mujeres que me escuchaban.

Y cuanto más adornaba los sucesos, más despertaba

el interés del grupo. Cuanto más recalcaba algún aspecto de la historia, más afinaban los oídos. Cuanto más contaba, más se estrechaba a mi alrededor un corro que superaba ya la docena de personas.

La mujer del rostro hermoso no pudo reprimir las lágrimas, y volví a sentir contra el estómago el aguijón de la mentira. Pero ¿qué otra cosa podía hacer? Me había convertido en Nicolás Urtubi, un niño huérfano de padre y madre, obligado a encarar solo el camino de la vida, huérfano de todo en el mundo. Era el momento preciso de sacar partido a la astucia, la hora de ganarme la compasión de los demás. Puse cara de pena, por si acaso, y observé que no me vendría nada mal aquel trozo de carne que habían retirado del cocido.

El hombre calvo colocó las manos en mis ojos, me hizo mirar hacia arriba y hacia abajo. Luego tuve que sacar la lengua y toser varias veces. Por último, indagó en mis oídos con lo que parecía un raro tubito.

—Eres un chaval afortunado, puedo contar con los dedos de una mano las personas que han salido vivas de donde has estado. Soy el doctor Hiribarren, médico en esta zona de Hendaya y Urruña. Hemos oído el griterío que se ha formado, y por eso nos hemos acercado la señora María y yo hasta el río, de donde te hemos sacado.

—Gracias —contesté—, pero casi habría preferido haberme quedado allí mismo.

—¡No digas eso! —me recriminó el doctor—. A punto has estado de conseguirlo. Y si de eso se trata, no te preocupes, nadie falta a la cita con la muerte. Pero, mira por dónde, hoy no era tu día. Eso sí, un minuto más, y no estás aquí para contarlo.

Aunque fuera por pura casualidad, caí en buenas manos. Era algo que se veía a primera vista. No sabía muy bien ni dónde me encontraba ni de quién sería aquella enorme casa, llena por todos lados de vigas maestras labradas y rincones tallados a mano. Todo era nuevo para mí. Incluso el calor y olor de la cocina. Allí sí que no faltaba la madera, ni tampoco los embutidos, que podía ver colgados en cualquier parte del techo. Ni de comer ni de beber ni de vestir, no faltaba de nada. De lo que sí estaba segura es de que aquella casa no era nuestra vieja venta de Indazubi. Ni por asomo.

—¿Dónde estamos? ¿Qué sitio es éste? —quise saber.

Todos se rieron cariñosamente de mi ignorancia. Incluso los más críos. Parece ser que en este mundo están permitidas todas las preguntas, excepto la de ¿dónde estamos?

—Tranquilo, Nicolás —la señora María me lo explicó dulcemente—, estás en nuestra casa, en la casa llamada Priorenia, en Hendaya. Aquí estás seguro.

La verdad es que yo no entendía nada. No entendía cómo había podido acabar en aquella casa, ni qué pasaría al momento siguiente, pero aquellas palabras de la señora María, aún hoy, tantos años después, las guardo entre la más hermosas que he oído nunca. Todavía siento una protectora emoción de alivio y sosiego cuando retumba en mi recuerdo el eco de aquella manera tan sugestiva de hablar, lo afable de su voz y su mirada.

A partir de aquel mismo día, la señora María se convertiría en mi protectora. Me acogieron como a uno más de la familia. Y si es verdad, como dicen, que los ángeles existen, aquella mujer era sin duda uno de ellos. Ojalá descanse en paz donde quiera que esté ahora.

Tras el consuelo que encontré en las palabras de la señora María, mucho más tranquila, pregunté si podrían darme otro trozo de carne, que me trajeron enseguida, acompañado de un vaso de agua. Fue darle el primer trago y saborear lo más dulce que había probado nunca: azúcar.

Y todos rieron nuevamente, esta vez, por la luz asombrada de mis ojos. Me observaban como quien observa a un ser llegado de una tierra lejana, sobre todo los más niños. Quería otro vaso, y cuidé la petición con una pequeña explicación que disculpara mi atrevimiento.

—Hasta hoy sólo conocía la miel. Había oído hablar del azúcar, pero nunca lo había probado, me parece la cosa más dulce del mundo.

Llevaron una jarra llena de almíbar, agua y azúcar y, al ver cómo disfrutaba bebiendo aquella delicia, se organizó una especie de fiesta alrededor de la mesa y al calor de la cocina. Poco o bastante, el caso es que todos acabaron bebiendo de aquella jarra.

Si a un niño de nombre Nicolás Urtubi, alguien totalmente desconocido para ellos, le ofrecían agua azucarada, con lo cara que era, tanta como quisiese, ya no había dudas: ahogarme no me ahogué, tampoco creo que llegué a morirme, pero de que estaba en el cielo, de eso sí estaba segura. Y además, en el centro mismo de ese cielo que de niña imaginaba fuera de este mundo. No me apetecía ya tanto que la muerte viniera para llevarme a cualquier otro sitio lejos de aquel paraíso. Casi podía esperar a que atendiera antes otros asuntos más urgentes, que no tuviera prisa por venir a verme. Total, teniendo como tiene toda una vida por delante, qué más le daba esperar un poquito más.

El doctor Hiribarren

Podéis imaginar perfectamente lo que cambiaron las cosas desde el momento en que me acogieron en la heredad de Priorenia. El trato que recibí y recibiría en el futuro apenas me provocó la necesidad de volver la vista atrás, contadas son las veces en las que añoré a mi familia de Indazubi. No echaba de menos a nadie. Excepto a mi querida madre. A ella no la olvido nunca. Pero el resto, padre, hermanas y vecinos, poco a poco, empezaron a formar parte como de una oscura nube o sombra que se alejaba sin remedio, lejos, cada vez más lejos, como esa piedra que vemos desaparecer hacia el fondo de un gran pozo. Escribir lo contrario sería, primero, mentirme a mí misma, y segundo, traicionar estos papeles en blanco a los que he decidido confiar la historia de mi vida.

Al atardecer, la heredad era como un precioso árbol

al que la luz, tras arder primero sobre las Peñas de Aya y bañarse después en las aguas del Bidasoa, daba el aspecto de una flor labrada en oro. El palacio y sus alrededores eran, y siguen siendo, un encanto esponjoso: primero, te absorbe a lo largo de un largo pasillo de tilos, para finalmente acabar empapado por el latido enamorado de una casa que parece estar coqueteando siempre con el espejo del río.

Muy cerca de la escalera que se sumerge en el agua hay un pequeño muelle que asegura y vigila la calma de tres o cuatro embarcaciones y el suave balanceo de las balsas y las boyas. Junto a la casa principal surge otra algo más humilde, y otra un poco más allá, y enseguida otra y otra. Fuera, los niños juegan perseguidos por los perros. Porque la vida diaria de Priorenia, en lugar de la de una parroquia de casas, asemeja más la de un pequeño pueblo dentro de otro. Incluso la gente del casco urbano de Hendaya prefiere ir andando hasta la fuente de allí a por agua. Sin duda, Priorenia era un centro neurálgico de la zona de Hendaya.

Estando como estaba en el centro del paraíso, ¿cómo iba yo a acordarme de Indazubi y su castillo del terror? ¿Cómo añorar un pasado ingrato? El ser humano no es así: se acostumbra pronto a lo bueno y, sin duda, el destino me lo quiso demostrar. Priorenia e Indazubi eran la cara y la cruz de una misma moneda.

Y no he dicho algo que la hacía aún más increíble: el señor y dueño de Priorenia era el mismísimo Pellot. Lo supe con bastante retraso pues fue mucho el tiempo que transcurrió sin que el capitán apareciera por allí. Se habló de que había caído en manos de los ingleses, y que estaba encerrado en un calabazo de no sé qué fortaleza o castillo. También se llegó a decir que eran los castellanos quienes lo tenían preso, vete a saber en qué mazmorra, y atado de pies y manos. Pero eran rumores que no variaban, ni en lo más mínimo, el quehacer diario de Priorenia. La gente allí estaba convencida de que, cuando menos lo esperas, lo ves llegar en su galeón. Y con él, volverán los días de fiesta. "¿Cuándo?, no se sabe. Seguro que está aquí, a más tardar para el día de Bixintxo. Siempre ha sido así."

Me explicaron que en la parte de Hendaya y Urruña conocen a san Vicente como Bixintxo. Y que el 21 de enero se celebran en su honor las fiestas patronales. Dicho de otra forma, para los habitantes de Hendaya y Urruña es el día más importante del calendario.

Por esa razón se demoró tanto mi anhelado encuentro con el capitán Etienne Pellot. Un año, dos años, tres años, el tiempo transcurría sin noticias de su esperado regreso. Quienes sí se dejaban ver por allí, y muy de vez en cuando, eran Pincho y Pepín, los compañeros que pude conocer en el desagradable suceso de Indazubi. Venían para contar a la señora María siempre la misma cantinela: que seguía preso en el castillo de Plymouth, y que ellos lo sacarían de allí. Que no se preocupara.

—No hay en este mundo quien pueda liberar a Etienne —también ella les contestaba siempre lo mismo—; él es el primero que debe liberarse de sí mismo.

Era una respuesta enigmática que entonces yo no podía entender. Incluso ahora, cuando la vida me ofrece ya sus últimas rosas, sigo sin comprenderla del todo. La edad y la experiencia no siempre esclarecen el significado de aquello a lo que no encontramos sentido.

Todavía hoy sigo teniendo mis dudas respecto al significado de las palabras de la señora María. Pienso que sólo Pellot podría entender lo que verdaderamente querían decir. Como si fuese una especie de clave que la señora María lanzaba al aire con la esperanza de que llegara algún día a oídos del capitán Pellot.

Y precisamente así, como el viento, aparecían y desaparecían, iban y venían los hombres de Pellot por aquella casa. Desanimados y despotricando contra la recién instaurada República Francesa, que no parecía demasiado preocupada por la liberación de Pellot.

Al parecer, para las autoridades francesas, los corsarios no eran más que una fuente de ingresos. Y punto. Más allá de eso, la República no quería saber nada. Tanto traes, tanto vales. Ésa era la vida de los corsarios, ni más ni menos.

—París insiste en lo mismo, en que los corsarios no son soldados suyos —pude oír un día de boca de Pepín—; que así es la Ley del Mar y que la República no puede amparar a hombres como nosotros. No opinan lo mismo cuando Pellot les entrega barcos ingleses y castellanos cargados de oro. ¡Malditos políticos!

Aquel día tuve la impresión de estar alejándome un poco más de mi pretensión, de que mi camino y el de los corsarios tardarían en cruzarse más de lo esperado. Y el doctor Hiribarren tendría mucho que ver en la certeza de lo que al principio sólo era una impresión.

Cierto día, una señora mayor, vecina de los alrededores, falleció aquejada de una extraña enfermedad. Niños, jóvenes y ancianos, nadie de Priorenia quiso faltar a la cita del último adiós. Sin embargo, en aquella casa, no sólo se respiraba el lógico ambiente de aflicción por la muerte de una persona cercana, también percibí en la familia y demás parientes de la fallecida algo que rebasaba ese evidente sentimiento de tristeza: no había forma de acomodar el cadáver en el ataúd.

El carpintero había tomado las medidas del cadáver en cuanto recibió la noticia del fallecimiento, y enseguida se puso a la tarea de confeccionar un digno ataúd, en madera de castaño. Pero, por increíble que parezca, aquel cuerpo sin vida empezó a hincharse, a inflarse más y más, hasta doblar sus anteriores proporciones. Lo que pocas horas antes era el cuerpo estrecho y rudo de una mujer, parecía el volumen de un pipote. Hicieran lo que hicieran con él, allí no había forma de que encajara en el féretro.

Sólo quedaba esperar la respuesta del doctor Hiribarren, que no tenía en aquel momento la apariencia de quien está seguro de querer decir lo que ha pensado. Se paseaba de un extremo a otro del velatorio, como esperando alguna idea que lo librara de aquella insólita situación.

Desde Bayona hasta el valle del Bidasoa, el doctor Hiribarren era cuanto menos como un pequeño dios, admirado y querido por todos; no se conocía enfermedad que no hubiera podido aliviar y sanar. Tanto los de Priorenia como los de Hendaya y Urruña o los de sus alrededores, tenían una fe ciega en el doctor. Pero aquel día él no pudo responder a las expectativas.

—No he visto nunca nada igual —dijo por fin—. Su cadáver se ha hinchado de agua. Y es el primer caso que conozco. Nada parecido se menciona en los libros, ni tan siquiera en la Universidad de Burdeos. Lo normal es que las uñas y el pelo sigan creciendo, pero de ahí a que el cuerpo se hinche de esta manera, es la primera vez que lo veo. No sé qué hacer. Sólo encuentro dos salidas posibles: o se le hace un nuevo ataúd o esperamos unos días a ver si el cuerpo vuelve por sí solo a su tamaño original —concluyó con tono resignado.

Pero la familia no veía con buenos ojos ninguna de las dos propuestas. Por un lado, porque no tenían suficiente dinero para una segunda caja, y por otro, porque si esperaban unos días más, en aquella casa no se iba a poder aguantar el olor de un cuerpo que ya había empezado a descomponerse. No estaban dispuestos a perder más tiempo, y aunque deshonrosa, sólo veían la posibilidad de enterrar a la viejecita envuelta en una gran sábana, sin ataúd, y contradiciendo todas las costumbres y obligaciones del caso.

El espectáculo era lamentable: sobre la cama, el ataúd, y sobre éste, apoyado en los bordes, el cuerpo enorme y tieso de la pobre señora. Como un gigante que intenta meter el pie en un patuco. Vamos, igual que pretender trasplantar a un tiesto una secoya.

Y que nadie me pregunte ni cómo ni por qué, pero salí disparada hacia la cocina, llené un plato con sal, volví con él al velatorio, y lo coloqué sobre el estómago del cadáver.

—¡Qué haces, Nicolás! —me regañó Hiribarren, y me regañaron todos.

—No lo sé —contesté sin saber qué contestar.

Lo que ocurrió instantes después, si no fue un milagro, no hay forma de explicarlo. Sólo sé que ocurrió. El cuerpo empezó a deshincharse como una barrica agujereada por los cuatro costados, poco a poco y sin cesar, y a medida que recuperando su tamaño y forma originales, él solito se acomodó en el hueco del féretro, como se adaptan los dedos en unos guantes a medida.

Me había convertido, inesperadamente, en el centro de atención. Y lo peor es que no sabía ni cómo reaccionar ni qué decir. Y mientras me ponía roja como un tomate, uno de los familiares, corrió a retirar el plato de sal, y con la ayuda del carpintero, cerraron la tapa del ataúd, no fuera que al cuerpo se le antojara hincharse otra vez.

—Gracias, Nicolás —dijo—, ahora podremos enterrarla como se merece.

Y en aquellos ojos había algo más que un brillo de agradecimiento. Más que luz, en aquel brillo había una sombra que días después también pude comprobar con el resto de vecinos de Priorenia: era la sombra del temor. La misma mirada recelosa de aquellos que nada más nacer vieron en mí las condiciones de una bruja.

Así es cómo me gané el respeto y la admiración de todos, además, claro está, de su desconfianza. Y así, hasta hoy. Sé que soy una persona muy querida, pero sé también que, en ese cariño que me demuestran, hay un grado considerable de temor, como si vieran en mí a alguien muy distinto a ellos.

El bueno de Hiribarren se quedó boquiabierto. Me

tomó del hombro y me pidió que lo acompañara. Y así salimos de la casa de los "milagros", el doctor por delante y yo unos pasos más atrás, con la maleta de médico entre las manos.

Desde la casa de la fallecida hasta la del médico había media hora de camino, aproximadamente, justo el mismo tiempo que el doctor Hiribarren estuvo sin dirigirme la palabra. Sólo alteraba su semblante reflexivo para detenerse bruscamente, volverse y lanzarme una severa mirada. Y yo, quietecita, con el maletín en las manos, y disimulando mi propio desconcierto como mejor podía. No entendía qué era lo que preocupaba concretamente a aquel hombre, pero todo me hacía sospechar que estaba relacionado con el plato de sal que yo misma había colocado sobre el estómago de la difunta.

Llegamos por fin a casa, y allí, más de lo mismo. Ni buenas tardes ni hola ni nada a su mujer e hijos. Continuaba ensimismado. Se quitó el abrigo y se dirigió directamente a una habitación de lo que podría ser el sótano de una casa. Tras él me fui. Me ordenó que me sentara en una silla que había en un rincón, y sin decir una palabra más, salió de la habitación, cerró la puerta y me dejó en aquel lugar tan extraño como especial.

Era una habitación muy iluminada, rodeada de estantes y llena de materiales y artilugios de todo tipo. Y en las estanterías, además de un montón de libros, polvos de todos los colores, tubos de cristal de todas las medidas, aparejos y hierbas. Había de todo. Hasta un esqueleto humano colgaba de un rincón del techo. No me moví de la silla, por si acaso, pero tampoco me habría importado acercarme a inspeccionar aquel muñeco de huesos.

Hiribarren no tardó en regresar. Esta vez en mangas de camisa. Se sentó frente a mí, y así estuvimos un buen rato, observando en silencio las múltiples cosas que nos rodeaban.

—Quiero preguntarte algo, Nicolás —dijo entre una de aquellas observaciones.

—Lo que usted quiera, doctor —contesté, un poco apurada.

—¿Qué ves en esta habitación, Nicolás?

—Instrumentos, libros y cosas de médico, señor. Huesos, tubos de cristal, polvos y hierbas: muérdago, hierbas curativas, dulcamara, ortigas, flor de árgoma, sarga, manzanilla, hojas de tilo, bellotas, endrinas...

—Veo que conoces bien las hierbas. ¿Quién te ha enseñado sus nombres?

—Nadie, señor.

—Entonces ¿cómo los sabes?

—No lo sé, señor. Puede que en el monte o puede que se lo haya oído a mi madre. Vengo de un caserío, señor.

—¿Y lo de la sal? ¿A quién se lo habías visto hacer?

—A nadie, señor.

—¿Y cómo has sabido entonces qué era lo que había que hacer?

—No lo sé, señor.

—¿Por qué has decidido colocar sal sobre el cuerpo?

—No lo sé, señor.

—¡Pero hombre, cómo no vas a saberlo!

—No, no lo sé, señor. Sólo se me ha ocurrido.

—¿Ocurrido? ¿Qué se te ha ocurrido?

—Pues, eso, que la sal podría absorber el agua. Usted mismo dijo que el cuerpo estaba lleno de agua.

—Una cosa es saber que la sal tiene propiedades que absorben el agua, y otra muy distinta es saber que haya que poner una plato lleno de sal sobre el estómago hinchado de un cadáver.

—No lo sé, señor. Sólo quise ayudar. No tenía ni idea de lo que estaba haciendo, pero sentí la necesidad de hacer algo, lo que sea, antes de quedarme con los brazos cruzados. ¿Hice mal, señor?

—No, Nicolás, no hiciste mal —dijo.

Se levantó a la estantería que quedaba a su izquierda para coger dos botes de cristal. En el interior, y bajo una especie de líquido muy espeso, se guardaban dos pequeños animales.

—¿Dime, cuál es su nombre?

—Lagarto rojo, señor.

—¿Y el de este otro?

—Eso es la cría de un tejón, señor.

No sabía muy bien cuál era entonces la intención de semejante interrogatorio, pero es verdad que no me resultó muy difícil contestar a ninguna de las preguntas. Y a medida que iban transcurriendo los días, más y más cosas me consultaba el doctor Hiribarren, como si a cada respuesta que daba le surgiera una nueva duda.

Cuando terminamos con el repaso, nombre por nombre, de todas la hierbas curativas y los animales embotados, pasamos al tema de las enfermedades, y quiso saber si yo sabría curar el sarampión, aminorar la fiebre, eliminar los sarpullidos, sujetar una fractura...

No bastó con todas esas consultas, y tuvo que hacerme una pregunta inesperada totalmente:

—¿Cómo curarías la tos ferina?

Preguntarme eso a mí y preguntarle cuántos son dos y dos al perro que estaba atado en la entrada era prácticamente lo mismo. Por supuesto que no sabía la respuesta. ¡Pero cómo iba yo a saberla! Él era el médico, no yo. Además, no sabía qué tipo de enfermedad era exactamente la tos ferina; sí había oído que era frecuente entre los niños, y que provocaba en ellos como una especie de asfixia. Nada más. Y por esa razón me mantuve en silencio un buen rato.

Pero fue un silencio que provocó los mismos síntomas que la tos ferina, un mutismo que me ahogaba, que afectó incluso a los pájaros que también en aquel momento dejaron de cantar como asfixiados, hasta el propio Hiribarren parecía haber dejado de respirar.

Fueron unos momentos interminables, hasta que, de pronto, no sé ni cómo ni de dónde, noté que una minúscula voz me crecía en el estómago, pasaba por los pulmones y acababa saliendo por la garganta, como una diminuta serpiente de palabras que, tras enroscarse en las cuerdas vocales, reptó convertida en frase, hasta los labios.

—No lo sé, señor, pero de hacer algo, yo, cocería flor de árgoma con agua y miel, y mandaría al enfermo que tomara el brebaje tres o cuatro veces al día.

Los ojos del doctor Hiribarren se abrieron como platos. Y se puso tan contento que no dudó ni un segundo en decirme que, a partir de ese instante, me nombraba su ayudante. Curaríamos y atenderíamos a los enfermos de los alrededores, los dos juntos, él como profesor médico y yo como su aprendiz. Que hacía tiempo que venía buscando a un ayudante como yo; que atender la zona de Hendaya y Urruña era demasiado trabajo para una sola persona, y que estuviera tranquilo, porque no tendría motivos para aburrirme.

—Gracias, señor, pero yo no quiero ser médico. Lo que quiero es ser marino, hacerme a la mar con el capitán Pellot y sus hombres.

—¡Pero qué tontería es ésa! —me cortó en seco—. Serás mi ayudante y no se hable más. ¿Cuándo has visto tú un pájaro que sepa bucear o un pez que vuele de rama en rama? Tú has nacido para ser médico, tienes todas las condiciones, y a partir de hoy mismo serás mi ayudante.

—Sí, señor, pero...

—No hay peros que valgan. Mañana mismo se lo digo a la señora María. —Hablaba en tono muy serio—. Y ahora, a casa, y ya puedes ir quitándote de la cabeza esa idea de marinerito. Te necesito como ayudante; además, no todo el mundo vale, y tú eres el mejor que podría tener. Para andar robando aquí o en el mar, vale cualquiera, hasta el más tonto.

Camino de Priorenia, me embargó un sentimiento de felicidad, y al mismo tiempo, de pena. Para una cría como yo, que se había salvado de morir ahogada en el Bidasoa, poder aprender del doctor Hiribarren era, en verdad, una oportunidad única. Ocasión que nadie hubiera desperdiciado. Nadie, salvo Inesa de Indazubi. Nadie, excepto Nicolás Urtubi.

Obra del destino o no, nunca llegaría a ser ni curandera ni médica. O eso es al menos lo que entonces pensé. Qué mérito había en conocer los nombres de todas las hierbas y todos lo bichos para alguien nacido entre montes y bosques. Pero si los sabían hasta mis hermanas, y seguro que mucho mejor que yo, y total, ¿para qué?, para nada. Mi madre se los sabía todos, desde el jabalí hasta la comadreja, desde el mirlo capiblanco hasta el zorzal alirrojo. Quien ha nacido en el monte, sigue perteneciendo a él toda su vida, y para aprender todas esas cosas no hace falta más que mirar y saber ver. Es algo innato, como una lección que te viene dada, la vaca sabe perfectamente que, al contrario que la cabra, no debe comer ni ortigas ni plantas espinosas. La víbora sabe que debe temer al cuervo, el cuervo, al ser humano, y el ser humano, a la víbora. Eso ha sido así siempre y lo seguirá siendo. Tan cierto como que después de la noche llega el día.

Iba a ser marinero y tenía que aprender todo lo relacionado con el mar. Estaba decidida, y no había vuelta atrás, aunque me fuera la vida en ello. No había dejado Indazubi para acabar entre boticas y enfermedades. Soñaba con el mar, con el capitán Pellot, nada ni nadie me haría cambiar de opinión, ni siquiera el adorable doctor Hiribarren ni la señora María. A ver quién era el valiente que me lo iba a impedir. ¡Sí, sí, a ver!

El diablo, entre nosotros

La balada de Inesa

La Hendaya de aquel tiempo poco tenía que ver con la de hoy. Con la aparición del ferrocarril, que asentó aquí una de sus estaciones más importantes, la fisonomía de la ciudad cambió radicalmente en tan sólo una década. Adiós a la paz y tranquilidad de lo que fue una pequeña urbe. El viajero que hoy salga hacia el sur, tanto desde París como desde el resto de Francia, tendrá que pasar obligatoriamente por este punto. Lo mismo para quien pretenda viajar desde el sur hacia Europa, cruzará por aquí tanto si quiere como si no. El ferrocarril y sus vagones de progreso han traído a cientos de extranjeros, sobre todo, trabajadores del ferrocarril, gendarmes y empresarios hosteleros. La mayoría, procedentes de las zonas de Bearn y Burdeos.

La Hendaya que conocí era una pequeña localidad

que empezaba a despertar a un tiempo nuevo. En 1793, los soldados castellanos habían arrasado casas y huertos, barcos y talleres, todo. El miedo a la Revolución francesa los llevó a conquistar parte de este territorio hasta Bayona, treinta kilómetros más al norte, pero se retiraron poco después, otra vez al sur, al otro lado del Bidasoa. En el ir y venir de tropas, saquearon, violaron, incendiaron y aplastaron cuanto se cruzó en su camino. Desde entonces, Hendaya ha sido y sigue siendo como una campiña que ni unos ni otros dejan de pisotear.

La condición de frontera, conlleva siempre estas nefastas consecuencias. No importa quién sea el que provoque los enfrentamientos, la cuestión es que el primer escenario de cualquier guerra será siempre el mismo: la frontera. Punto de partida y, al mismo tiempo, de llegada, ésa es su razón de ser.

Al fin y al cabo, no es más que una invisible línea que señala las diferencias de quienes viven a uno u otro lado. Es la misma línea que nos hace extraños entre nosotros que, en su insignificancia, enciende nuestros odios y alimenta nuestras diferencias. Y aun sabiendo que ha sido así siempre, me resisto a comprender por qué nadie borra esa raya imaginaria para hacer mapas como campos lisos y blancos de nieve, como una playa despejada de fina arena.

Sigo sin entender el empeño del hombre por querer doblegar al mismísimo horizonte. Ésa puede que sea quizá una de las razones más importantes de mi querencia hacia el mar: su libertad de movimiento, la falta de dueños o autoridades, el viento y las tormentas como única ley.

El año que llegué a Hendaya todavía podían verse las consecuencias de la ocupación de los soldados castellanos: lo que en el viejo castillo era antes un robusto pecho de piedra, se aparecía ahora como un simple montón de rocas esparcidas y ennegrecidas por el humo, incluso las casas eran todas de reciente construcción o así me lo parecía al ver sus nuevos tejados rojos.

Más tarde supe que, años antes de la devastación, Hendaya apenas tenía unos pocos habitantes. La ciudad quedó aún más vacía al llegar como llegó desde París la condena de destierro para casi más de 4.000 paisanos, muchos de ellos habitantes de Hendaya. Y si no eran unos eran otros, pero la cuestión es que siempre ha estado sometida al antojo de diferentes señores con un mismo propósito. En estos tiempos, también sucede lo mismo. En el fondo, las cosas no cambian tanto como aparentan.

En aquel tiempo, ya digo, Hendaya no valía gran cosa. Era, como mucho, un pequeño barrio de Urruña, con una veintena de casas, algún que otro caserío esparcido por los alrededores, una especie de casco urbano alrededor de la iglesia y el barrio Priorenia, con aquella casa y su paisaje que parecían siempre dispuestos a saltar al río.

Sin embargo, todo lo que con el tiempo he llegado a ser y seré mientras viva se lo debo a la época en que viví allí. Priorenia es para mí como una pequeña patria, la medida del cielo en este mundo, como ya he declarado, lo más parecido al Paraíso.

El doctor Hiribarren insistía en que abandonara Priorenia y me fuera a vivir a su casa. No aceptaría su invitación, sí, en cambio, la propuesta de ser su ayudante, para lo que puse como única condición continuar al lado de la señora María, quien me convenció de que no podía perder la oportunidad de trabajar junto al doctor.

Para entonces ya sabía que la señora María, con nombre de soltera Marie Larroulet, era la esposa de Pellot, y tenía claro que no podía desaprovechar aquella puerta que me abriría el camino hacia el capitán. La señora María era como un regalo caído del cielo, mi pasaporte al mar, la oportunidad más útil para llegar a ser miembro de la tripulación de Pellot.

Pero por entonces la señora María no quería ni oír hablar del mar. La oferta de Hiribarren no podía ser más adecuada para alguien como yo.

—¿Qué futuro te espera, si no, Nicolás? —me preguntó—. ¿Sirviente, soldado sin fortuna, un pobre pescador...? Con el doctor Hiribarren no te ha de faltar de nada. Te librarás de los trabajos desagradables. Debes reconsiderar esta oportunidad, Nicolás, además, aquí, en Priorenia, ya somos demasiados. No necesitamos otra boca hambrienta.

—Yo quiero embarcar con el capitán Pellot —le decía una y otra vez.

—Mira, ya estoy cansada de tanta pólvora y tantas heridas como tenemos entre nosotros. Además, eres demasiado joven. No sabemos dónde está Etienne, ni cuándo regresará ni tampoco cuáles son sus nuevas intenciones. Ya espero yo y desespero más que suficiente por su regreso. Marcha con el doctor Hiribarren y olvida esa idea. Nunca es dulce la vida en el mar, y al lado de Pellot, todavía es más amarga.

¿Cómo llevar la contraria a alguien como la señora María? Comencé a trabajar con el doctor Hiribarren, un día de otoño del año 1802. Me convertí en su sombra. De un sitio a otro, de una casa a otra, de una muerte a otra, de un nacimiento a otro.

He conocido durante toda mi vida, a pocas personas que tengan un corazón tan grande como el del doctor Hiribarren. He estado en muchos sitios y no he visto a nadie que se desviva tanto por la gente. Siempre tenía la palabra precisa que endulzaba el llanto del sufrimiento. Y como trabajé junto a él, puedo decir que he visto morir con una sonrisa en los labios a más de uno. Nadie como él para ahuyentar el semblante de la desgracia.

—Morir no significa nada, Nicolás —me decía a menudo—, tú lo sabes. Lo peor para el hombre es el dolor de la soledad. El mayor de los males es tener que morir solo. Por ello, nunca olvides una palabra amable, una caricia para quien se está muriendo. Morir acompañado y en paz es la mejor manera posible de dejar este mundo.

Un hombre extraordinario aquel doctor Hiribarren, de verdad. Aunque no era más que una adolescente, sabía reconocer su gran cultura, su enorme bondad y humanidad. En Hendaya era difícil encontrar a nadie como él. Siempre lo he considerado como ejemplo a seguir. Y aún hoy sé que me acompaña, que ilumina mis noches más oscuras, que calienta mis inviernos más fríos.

Pero justo el mismo día en que comencé a trabajar con él, conocí, a la vez, el cielo y el infierno. Ni lo vi venir, llegó inesperadamente, sin buscarlo ni merecerlo, como una enorme y cornuda sombra. Perverso, ambicioso, desalmado y traicionero. Un ser con el corazón lleno de gusanos, que avinagraría mis días venideros. Bestia poderosa, tiránica y de dos caras. Rey de los mezquinos. Aquel hombre era Jean Daspilcouette, o si lo preferís, el señor Jean Azpilicueta, párroco de Hendaya. ¡Que arda en el infierno eternamente!

Yo misma fui a abrir al párroco la puerta de casa del doctor Hiribarren. Era un día de lluvia y viento. Llevaba puesto un sombrero negro, como negro era también todo lo que vestía: la capa, los zapatos, hasta su cara parecía negra. El señor Azpilikueta tenía la tez del color de una aceituna madura, y si no fuera por las canas blancas del pelo, de noche, no podrían verlo ni los gatos.

—¿Dónde está el doctor Hiribarren? —preguntó al entrar en la casa bruscamente.

—En el sótano, voy a...

—Quieto ahí, insensato. No necesito ningún lazarillo para andar por esta casa. Para cuando tú naciste, los demás ya no necesitábamos patrón.

Se dirigió en busca de Hiribarren rápidamente, escaleras abajo. Dejó tras de sí un olor como de pinar u ortigal en verano. Fuerte y penetrante, como de ropa interior sin lavar por varios meses.

Pronto, el golpe de la puerta y el anuncio de una discusión. No tuve tiempo ni para taparme los oídos.

—¡Eso no es lo que me prometió! —decía el párroco.

—Tiene razón, don Jean, pero he cambiado de opinión.

—¿Y qué hago yo ahora con mi sobrino Martín?

—Seguro que encuentra lo mejor para él.

—Martín tiene que ser médico, y si quiere aprender el oficio no hay más posibilidad en Hendaya que trabajar con usted.

—Métalo en la Universidad de Burdeos, le facilitaré una carta de recomendación.

—Martín todavía es demasiado joven para eso. Y se lo prometí a mi hermana, a la madre de Martín.

—Quisiera pedirle disculpas. La culpa es mía por no haberle dicho desde el principio que Martín no vale para ser mi ayudante. Es un buen chico, pero detesta el oficio de médico. Prefiere ser carpintero, y estoy convencido de que puede serlo, y muy bueno.

—¿Mi sobrino, carpintero? Usted no me conoce bien, señor Hiribarren.

—Él mismo me lo dijo. Quiere ser carpintero. Le gusta la idea de construir casas, muebles y, sobre todo, barcos. Si algunos días estaba conmigo, ha sido por no disgustarlo a usted. No soporta la sangre y las enfermedades le dan pavor.

—¡Antes de ver a mi sobrino como carpintero, usted verá seco el mar y el sol apagado!

—No debería estrangular de esa manera los sueños de Martín.

—Al único que voy a estrangular aquí es a ese maldito niño español.

—Nicolás no tiene nada que ver en este asunto. Yo personalmente le he ordenado que sea mi ayudante.

—Por lo tanto, ¿ha tomado ya una decisión definitiva?

—Así es, señor párroco. Nicolás tiene un don especial para la medicina y lo necesito de ayudante.

—¿No hay marcha atrás, entonces?

—No. La decisión está tomada.

Subió sin despedirse, aquella peste volvió a pegarse una vez más contra todas las esquinas. La esposa de Hiribarren se había acercado a la entrada para saludar al párroco y éste se lo agradeció así:

—Sepa, señora Teresa, que a partir de hoy los habitantes de esta casa tienen un nuevo enemigo. Dígale al falso de su marido que quien osa burlarse de Jean D'Aspilcuette no halla descanso el resto de sus días.

—Como usted desee, señor párroco —añadió la señora Teresa—, pero no tiene por qué ponerse así. Hace tiempo que conoce a mi marido y sabe que, además de un buen médico, es un hombre bueno y recto. No ha querido hacerle mal ninguno.

—Pero lo ha hecho —y dirigió su dedo índice hacia mí, como si me apuntara con una pistola—. Prefiere a este maldito extranjero antes que a mi sobrino. No perdonaré burla y traición semejantes. Se lo juro, señora Teresa.

Cuando aquel hombre nos dio la espalda y salió de casa, arrogante como un pavo, doña Teresa y yo permanecimos en silencio. ¿Qué podíamos decir?

El doctor Hiribarren subió del sótano sonriendo, como queriendo consolar a la señora Teresa.

—Tranquila, Teresa —dijo—, sabes que el señor párroco tiene una boca muy grande.

—Pero no son mejores sus amenazas —le respondió asustada su esposa.

—Y tú, Nicolás —me dijo—, tranquilo. Mientras estés bajo mi tutela no tienes por qué preocuparte.

Creía ciegamente en el doctor Hiribarren, y aquella vez no sería una excepción. Pero ni él ni yo sabíamos que no podría cumplir su promesa. Desconocíamos hasta qué punto el insaciable diablo que el párroco llevaba dentro crecería y acabaría por engullirnos.

Ignorábamos hasta qué punto nos fastidiaría. Ignorábamos hasta qué punto puede un hombre ser abominable y salvaje cuando viaja a lomos de un caballo llamado Odio.

Los días y las noches

La balada de Inesa

No puedo decir que el trabajo de médico sea monótono y aburrido precisamente. Siempre hay algo que atender, alguna dolencia, una simple herida. Cuando no se trata de un moribundo, es una mujer que está a punto de dar a luz. No quisiera que se me interpretara mal, pero ver nacer y ver morir resulta la contradicción más maravillosa e inexplicable de este mundo. No hay nada más grandioso que ser testigo de esos dos instantes que establecen el comienzo y el final de la vida.

Como he dicho siempre, morir no es más que quedarse dormido. Para siempre. Adiós a los placeres de la vida, pero también a las desgracias. La muerte nos da el sentido de la vida. No hay vida sin muerte. Si la vida fuera eterna, nada merecería la pena. A fin de cuentas, lo único que nos mantiene vivos es precisamente eso, saber que vamos a morir.

Ahora que veo mi juventud a mucha distancia, no conozco por estos alrededores a nadie de más edad que yo. Soy la más anciana del lugar. La muerte me espera con ansiedad. Pronto, vendrá a saludarme. Aun así, cuanto más tarde lo haga, mejor. Sólo quiero que en este plazo de tiempo que me da encuentre la suficiente fuerza para dejar trozos de mi alma en cada palabra que escribo en estos cuadernos.

La vida y la muerte se necesitan mutuamente para existir. Lo he comprobado muchas veces al lado del doctor Hiribarren, trayendo nuevos paños, llevando agua limpia. Después de cada parto, Hiribarren y yo acabábamos exhaustos. Pero pocos trabajos depararán semejante satisfacción.

Después de cortar el cordón umbilical del recién nacido, Hiribarren, sin disimular la dicha del momento, dejaba que fuera yo quien envolviera la criatura en paños limpios.

—Coge al niño, Nicolás, y lávalo como si fuera el tesoro más valioso del mundo. No hay en el mundo oro que pueda pagarlo. ¡Qué hermosura!

Y para mí era como dar la bienvenida a una nueva vida, y aunque haya sufrido mil desgracias, puedo decir que, cada vez que me recuerdo ayudando al doctor Hiribarren en los partos, se mitiga la dolorosa convicción de que el ser humano es el peor enemigo de la humanidad.

Durante los años en que trabajé junto al doctor tuve que encargarme por mí misma, diez veces más o menos, de traer a aquellos niños al mundo. Hiribarren tenía algún asunto especial en Burdeos, o ayudaba a algún colega suyo en operaciones más delicadas.

—Tranquilo, Nicolás —me decía—. Tú no tienes que hacer nada. El mayor trabajo corresponde a la madre y al niño. Tú sólo cuida de la higiene y deja que la naturaleza haga el resto, así de simple.

Yo venía de presenciar más de un parto en nuestro caserío de Indazubi, pero sólo en el caso de los animales, alguna vaca, una yegua, una perra o una cerda; también con alguna oveja, gata o burra. Recuerdo que sólo una vez he visto parir a un erizo. ¡Qué duro el esfuerzo de la hembra por evitar las púas de su prole!

Mi hermana mayor sí tenía conocimientos sobre la materia. No vivió en balde los partos de sus seis hermanas. Yo, en cambio, al ser la menor, no vi nada parecido hasta que me puse a trabajar con Hiribarren. Desde entonces lo he hecho con frecuencia, y lo sigo haciendo, si alguien necesita de mi ayuda. Siempre obedeciendo al maestro: cuida la higiene y que la naturaleza haga el resto.

Sin embargo, tratar con la muerte ya es otra cosa. Ahí también hay que cuidar la higiene y ayudar a que la naturaleza siga su curso, pero sé que no resultaba agradable tener cerca durante la agonía a alguien tan joven como yo. El moribundo necesita a su lado a un adulto, y de ser posible muy próximo, de casa.

Cuando alguien esté a punto de morir, hay que alejarlo de los niños y de cualquier tipo de ruido. Dejarlo en manos del médico y, si es persona de fe, con un cura a su lado. Pero sin olvidar lo más importante: que sus seres más queridos nunca le suelten la mano.

Antes de su último suspiro, el moribundo comprende que no hay vuelta atrás. Y el niño es justo la imagen del ser que tiene todo el tiempo del mundo por delante. En el último soplo de existencia, nada hay más doloroso que la imagen contradictoria del que lo tiene aún todo por vivir. El joven simboliza lo que más desea el moribundo, y su presencia no hace más que empeorar la situación. En vez de calmarlo, lo acosa y lo desafía.

Por ese motivo me mantenía oculta detrás de Hiribarren. Además, y quiero ser sincera del todo, las campanadas no sólo anunciaban el más que posible fallecimiento, también avisaban de la pronta aparición del párroco Azpilikueta, lo que hacía, si cabe, aún más incomoda una situación ya de por sí desagradable.

—No te preocupes, Nicolás —me decía siempre Hiribarren—. La iglesia ya no es como antes. El párroco se ha quedado sin poder de mando. ¡No en vano hicimos la revolución! Los caciques, aristócratas y curas han perdido todos sus privilegios. El párroco Azpilikueta, entre ellos. *Liberté, Egalité, Fraternité.*

—Diga usted lo que quiera, pero no venga con eso de la *Egalité*. Azpilikueta todavía manda mucho, y eso se nota cada vez que abre la boca. No hace más que seguir dando órdenes. Y el día menos pensado nos la juega también a nosotros.

Algunas veces basta con nombrar cierta cosa, para que se haga realidad. Sólo a veces, y por supuesto, con la ayuda del peor de los demonios.

Un buen día, me desperté con el rumor de que yo era un brujo o un mago o el hijo del mismísimo Satanás. Era evidente que había sido Azpilikueta el primero en levantar el bulo. Estaba visto que no olvidaba el suceso del plato de sal y el resto del pueblo tampoco necesitó grandes cuentos para comenzar a mirarme con mala cara.

A partir de ese día todas las maldades que acaecerían tanto en Hendaya como en sus alrededores, tenían un único culpable: yo. El Bastardo Resucitado.

Azpilikueta y seis damas del cotilleo y la calaña, fueron suficientes para organizar alrededor de mi persona un tribunal supremo. Para Hiribarren, la tarea de defenderme se volvió cada vez más complicada, sobre todo aquel domingo de Pascua, cuando encontraron la imagen de san Juan Bautista contra el suelo del altar, con los brazos y la cabeza partidas.

—Ayer, san Juan Bautista, estaba en su sitio y en buenas condiciones —dijo el párroco—, alguien ha estado aquí muy de mañana.

—Yo he visto a Nicolás Venenos, el ayudante hechicero del doctor Hiribarren, saliendo de la iglesia al amanecer, sigilosamente —contestó una mujer llamada Ana Haizpurua, fiel a su párroco.

No hubo vecino que no clavara en mí su mirada. Reparé, a propósito, en la de la señora María, y en sus lágrimas pude ver que, el mundo del miedo y del espanto se nos venía, ahora sí, encima. Cambiaría no sólo mi vida, sino la de todos aquellos que amaba y me querían. Tenía que marcharme de Hendaya, o no habría tregua ni para mí ni para mis amigos.

Los más de cincuenta vecinos que se encontraban frente a la iglesia, me tenían rodeado cuando el párroco tomó de nuevo la palabra.

—¿Qué haremos con esta criatura del maligno? ¿Cuál es el castigo para alguien que ataca a nuestra Santa Iglesia?

Todos comenzaron a insultarme enseguida. Que me echaran del pueblo, que debían llevarme a la cárcel de Bayona, y tampoco faltó la petición de la guillotina.

El doctor Hiribarren llegó en ese momento. Venía jadeando, y tras hacerse fuerte por entre la gente, se colocó junto a mí, en medio del círculo que formaban los allí presentes.

—Juro que Nicolás es incapaz de hacer algo semejante. Es un joven bueno y leal. El mejor ayudante que he tenido nunca. Lo sabéis muy bien quienes habéis estado en sus manos. Apostaría mi cuello a que él no ha hecho nada.

—¡El diablo tiene al médico como cómplice! —gritó el párroco.

Y la multitud respondió como mejor sabía, con nuevos gritos, insultos y rabia. Hiribarren fue el primero en recibir una patada. En menos de un minuto, nos tenían a los dos en el suelo, cogidos bajo sus pies y con las manos atadas a la espalda.

—Yo no he sido. Yo no he roto la imagen del Bautista —gritaba como podía.

—¿Dónde has estado esta mañana? —preguntaba Larralde, el carnicero.

—No he estado aquí. He estado en otro lugar.

—¿Dónde y con quién? —preguntaron todos.

—No os lo puedo decir.

—Yo te he visto salir de la iglesia con la primera luz del día —dijo reiteradamente Ana Haizpurua.

—Eso es mentira —respondí.

Y de nuevo más y más gritos, más y más patadas, más y más bofetadas. Éramos como dos trapos viejos tirados en el pórtico de la iglesia. El grado de violencia iba en aumento, igual que en el ataque de los lobos cuando atrapan la presa. Los más curiosos se acercaban a mirar, y los más decididos se sumaban a una muchedumbre fuera de sí y dispuesta a tirarnos al mar con una enorme roca sujeta al cuello.

Es algo inexplicable, además de angustioso, comprobar la capacidad de violencia del ser humano. El hombre que se deja llevar por la maldad de un perro rabioso no debe tener ni la menor gota de humanidad.

Y, de repente, se oyó:

—¡Nicolás ha estado conmigo esta mañana! —una voz sobresalió de entre el vocerío—. No ha podido estar al mismo tiempo en la iglesia y conmigo. La señora Haizpurua ha debido confundirlo con alguna otra persona —completó.

La gente se volvió buscando la procedencia de aquella voz, como buscan los girasoles los pinceles del sol. Y ya se sabe que, tras la tormenta, llega la calma. Se hizo un silencio que se podría palpar con las manos. Hiribarren y yo apenas podíamos recuperar el aliento.

—Hemos estado en la playa de Loia. Como cada domingo, terminando de construir una barca en la cueva.

Nicolás y yo estábamos allí al amanecer. No ha podido estar en dos sitios al mismo tiempo. Es imposible. Soy testigo y doy mi palabra.

Los ojos del párroco, de tanto odio como habían acumulado, no cabían en aquel rostro repugnante. La señora Haizpurua y su comparsa, Larralde el carnicero, todos miraban a Azpilikueta, esperando una respuesta o una orden, algo, lo que sea, cualquier cosa que rompiera aquel insoportable silencio. Necesitaban más que nunca algo que justificara su desmedida reacción. Y como muñecos de trapo a quienes ya nadie quiere esperaron en vano.

Azpilikueta volvió al interior de la iglesia, deprisa, sin mediar palabra, sin poder ocultar el odio en sus ojos, dejando tras de sí aquel inconfundible rastro de mal olor.

A Hiribarren y a mí no tardaron en soltarnos, hubo incluso quien nos pidió perdón, abochornado. Que sólo lo habían hecho empujados por la locura y contagiados por la excitación del momento y...

Pero el mal estaba hecho. Ya era tarde para recomponer lo que ellos mismos habían roto. Y eso no se olvida así como así. Haber tratado de aquella manera al doctor Hiribarren provocó en éste una decisión que no tardó mucho tiempo en materializarse: abandonar Hendaya. No quería ni podía permanecer entre todos aquellos desagradecidos ni un día más.

—No lo habría imaginado nunca, Nicolás —me dijo días después de lo sucedido—, pero los que nos han retenido en el suelo, con las manos atadas, no pueden ser humanos. Son animales. Y yo no soy veterinario. Me marcho de Hendaya.

Le dije que no todos eran iguales. Que en Hendaya también había gente honrada. Que todo lo sucedido había sido culpa del párroco Azpilikueta, y que los que nos apresaron no fueron más que lobos inducidos por él. Le rogué que no se marchara. Que por favor no me abandonara... le dije todo y más. No quería volver a quedarme huérfana.

Pero no sirvió de nada. Hiribarren estaba decidido a marcharse.

—Tengo un amigo que es médico en Pau —me dijo—. A partir de ahora, si necesitas algo, me encontrarás allí. Nunca dudes en acudir a mí.

Vi marchar al doctor Hiribarren y su familia en una columna de carros, camino de la costa, hacia el norte.

Puedo asegurar que lloré como nunca lo había hecho. La marcha de Hiribarren me dejó la angustia de no poder levantar cabeza nunca más. Pero también, y viniendo de él, no podía ser menos, una nueva y gran lección, la de que nada en la vida es eterno, que tarde o temprano llega la infelicidad, que aunque los amigos sean amigos de verdad, siempre hay alguien que aparece y te separa.

Azpilikueta había ganado la primera guerra, e Hiribarren y yo éramos los perdedores. Toda nuestra intensa relación se iba al garete por la premedita decisión de un miserable. Y, por desgracia, no sólo todos aquellos años de trabajo en común, pues Azpilikueta también había pensado en nuestro futuro, su vocación de criminal no encontraba fin, y todavía tendría la oportunidad de acometer, otra vez contra mí, como arremete contra la liebre el halcón abejero.

Aquel día aprendí que el verdadero coraje está en saber afrontar las desgracias. No es suficiente con tener amigos o gozar de la simpatía de todo un barrio, cada cual debe descubrir su propia firmeza, tener la suficiente entereza para poder salir del agujero más profundo, el carácter preciso para encarar el envite de un futuro incierto. No podemos permitir que el miedo equivoque nuestros pasos.

Al igual que Hiribarren, tampoco yo olvidaría jamás lo sucedido. Aquel día me hice la promesa de que no cejaría en mi deseo de hacerme a la mar, y para lograrlo aprovecharía lo primero que se me presentara. Y el deseo se hizo cada día más fuerte, como un monte con sus laderas ya llenas de rocas.

Pero lo primero que hice entre la muchedumbre en cuanto me levanté del suelo del pórtico de la iglesia fue dar las gracias a la persona que había salido a mi favor, como un ángel que hubiera acudido a salvarme de las llamas del infierno.

—Gracias, Martín —le dije con todo mi cuerpo.

—No ha sido nada, Nicolás, sólo he dicho la verdad —contestó en tono sincero.

Así es. Fue Martín quien, sin faltar a la verdad, logró sacarme de aquella amarga situación. Martín, el sobrino carpintero del párroco, el muchacho que según éste debía ir para médico. Martín, mi amigo del alma. Sí, Martín, mi querido Martín. Mi amado.

El secreto

A pesar del tiempo transcurrido desde la detención de Pellot, y aunque estaba claro que aquel año, no sé si era 1803 ó 1804, tampoco acudiría a las fiestas del pueblo, lo cierto es que un espeso aire de inquietud recorría las calles de Hendaya. Desde que Pellot se había ido, las fiestas de Bixintxo no habían vuelto a ser nunca las mismas. Por lo visto, el capitán también tenía otros méritos además del de corsario.

—Sin el capitán no es lo mismo —opinaban unos—. No hay quien baile como él.

—Es la sal y la pimienta de todas las fiestas —afirmaban otros.

—Sin el capitán, hasta la música suena desafinada —oí decir a una anciana que sujetaba la pandereta con ambas manos.

Quien sí apareció como por arte de magia fue el enano Passepartout, días antes de las fiestas. Llegó sobre un caballo pinto y, bien porque él era muy pequeño o bien porque el caballo era enorme, parecía imposible pensar que aquel ser diminuto pudiera dominar semejante animal. Pero no sólo pudo sujetarlo, sino que incluso entró al galope en Priorenia, entre las carreras de los niños que gritaban a su paso.

—*Bonjour, madame Pellot*—le dijo a la señora María haciendo una señal de reverencia—. *J´ai une lettre du Capitaine pour vous, madame*[1].

Y se puso a buscar bajo las impresionantes joyas de oro y plata que salpicaban toda su ropa. Introdujo la mano en la camisa y por un momento pensé que en vez de una mano era un cangrejo lo que hurgaba entre la chaqueta y el chaleco. Un cangrejo negro por un lado, y blanco por el otro, como un racimo al que no alcanzan los rayos del sol.

Supimos que venía de Burdeos, y el resoplar del caballo nos advertía que, a pesar de no tener que soportar mucho peso sobre su lomo sudoroso, poco o nada había descansado durante toda la carrera. Impresión que confirmé más tarde con mis propias manos, ya que, como enfermero que era de Priorenia, me tocó a mí la tarea de enjuagar y desinfectar las nalgas heridas del enano. Tenía, a causa de la larga galopada, la piel abrasada, en carne viva. Pero el enano Passepartout era tan pequeño como duro, puro diamante en bruto.

---

1. Buenos días, señora Pellot. Tengo una carta del Capitán para usted.

La señora María lo convidó a entrar, mientras ordenaba que le sirvieran algo de beber. Estuvieron reunidos largo tiempo en la biblioteca. Mientras tanto, la gente se amontonaba contra el portal de Priorenia, para entonces toda Hendaya sabía que habían llegado noticias sobre Pellot.

Un rato después, se presentó ante nosotros la señora María, primero, para agradecer nuestra presencia, y después para saciar nuestra curiosidad:

—Pellot se encuentra bien. Los ingleses lo tienen preso en el castillo de Plymouth. En su misiva nos pide que celebremos la fiesta de Bixintxo como todos los años y que brindemos a su salud. Pronto estará de nuevo entre nosotros.

La señora María se encerró en su habitación, sola y apesadumbrada. Durante los tres días siguientes que duraron las fiestas ningún habitante de la casa pudo verla. Estábamos al tanto de su dolor, todos conocíamos la tragedia de aquella gran mujer. Si era cierto que Pellot se encontraba preso por los ingleses, sin duda estaría encadenado en una oscura mazmorra y a la espera del juicio que lo llevaría a la horca. Los ingleses habían expresado su especial deseo de apresar a Pellot reiteradamente. Tenían, además, la desfachatez de alabar, por un lado, el valor del capitán. Confesaban que nunca habían conocido ningún hombre de mar con sus cualidades. Y por otro lado, no estaban dispuestos a perdonarle los daños causados a la flota real, la armada inglesa.

No, las fiestas de Bixintxo en Hendaya nunca volvieron a ser como antes. Y desde entonces, todos los años, ocurría algo que acababa por fastidiarlas. Recuerdo, por ejemplo, que tres años después, en 1807, pasaron por allí entre los meses de octubre y enero 78.000 soldados, 12.000 caballos y más de cien cañones. Eran las tropas de Napoleón Bonaparte que supuestamente se dirigían a respaldar la guerra encendida cerca de Portugal. Más tarde supimos lo que sería la verdad: ocuparon y devastaron la ciudad de San Sebastián, dejando la ciudad en ruinas poco antes de batirse en retirada y hurtando al huir las pocas cosas de valor que quedaban enteras.

Poco después, el ejército inglés, al mando del general Wellington, que cercaba la agitación de los soldados franceses, volvió a ensañarse con la población civil i, finalmente, el último día del mes de agosto, prendió fuego a la ciudad donostiarra. Pero en aquella ocasión los habitantes de Hendaya tuvieron tiempo al menos para abandonar su ciudad.

El ir y venir de miles y miles de hombres, desbarata, sin excepción, la tranquilidad de cualquier pueblo. La locura se apodera de todos sus habitantes. Las disputas y los altercados se ponen a la orden del día. El olor a pólvora se adueña de las calles y rincones, y el color de la sangre supera al de todos los uniformes. La guerra no trae más que la destrucción de los perdedores y la desgracia de los vencedores. Tengo la lección muy bien aprendida.

Cada año enterrábamos alrededor de veinte vecinos en el cementerio cercano a Priorenia. Lugar que, a pesar de las circunstancias, me parecía maravilloso, con un sencillo recordatorio por allí, una cruz limpia por aquí, un precioso ramo de flores por allá... Nuestro cementerio era un espacio alegre, al que nos acercábamos cuando había que despedir a alguien que nos acababa de dejar, y a veces, ¿por qué no?, cuando necesitábamos saludar a alguien que ya no estaba entre nosotros.

Pero con tanto ir y venir de soldados, los muertos empezaron a mezclarse, y no distinguíamos los nuestros de los suyos. Los enterraban de cualquier forma, de dos en dos y hasta de tres en tres, en la misma fosa todos. Y el cementerio tampoco volvió a ser lo que era. Confundir a los muertos es señal de que los vivos andan aún más revueltos.

Comenzamos a enterrar a nuestros muertos en una pequeña colina que miraba al mar. Desaparecieron, piedra a piedra, los muros del viejo cementerio, bien para construir una casa o levantar un puente, bien para abrir un camino o lindar los terrenos. No quedó ni rastro de lo que durante siglos fue cobijo de nuestros antepasados, y estoy convencida de que si preguntamos hoy a cualquier joven de Hendaya dónde estaba el bello cementerio de Priorenia contestaría que lo desconoce.

De todos modos, para cuando había llegado de manos de Passepartout aquella carta de Pellot, la realidad era ya otra. El contenido de la carta poco tenía que ver con lo que sucedió durante el tiempo que tardó en llegar a casa de la señora María. Sí, Pellot expresaba que estaba preso en el castillo de Plymouth. Y así era, cuando la escribió. Sin embargo, para cuando trajeron su carta a Hendaya, Pellot se encontraba ya en otro lugar, en el puerto de Hasting.

Está claro que el correo de aquel tiempo no era tan rápido como el de hoy. Cualquier carta llega ahora a París en menos de veinte días. Pero entonces, las cosas eran muy distintas.

¿Cómo se las arregló Pellot para conseguir papel y tinta estando en el castillo de Plymouth? ¿Cómo pudo llegar esa carta hasta su gente de confianza? ¿Cuánto oro, cuánto esfuerzo, cuántas amistades y cuántos atajos secretos necesitó para hacer llegar la carta a manos de la señora María? Y sobre todo, ¿cuánto tiempo se necesitaba para poder hacerlo?

La fecha de la carta indicaba claramente que hacía un año que Pellot la había escrito, y un año es demasiado tiempo para guardar encerrado sin novedad a un hombre como él. Nosotros entonces no lo sabíamos, pero a los pocos meses de haber sido escrita la carta, el almirante de Plymouth ordenó que llevaran a Pellot a su presencia. Aquel comandante de la armada inglesa había estado meses sin saber que, en las mazmorras de su castillo, se encontraba uno de los hombres más famosos que ha dado la historia del mar.

Pellot, fuera ya de la prisión, esperó a ser recibido por el almirante en una enorme sala de paredes gruesas y altas, con ventanas únicamente en la parte superior, y cerradas con barrotes de hierro. Aunque se hallaba solo, allí no había por dónde escapar.

Se sabía vigilado. Los soldados que lo habían acompañado armados hasta los dientes lo esperaban al otro lado de la puerta de entrada. Pero ¿qué había detrás de aquella segunda puerta, al otro extremo de la sala? Precisamente desde allí le llegó a Pellot la voz de una mujer y, aunque apenas podía entender lo que decía, pensó que sería la esposa del almirante, que tenía con éste una conversación que iba tomando la forma de una fuerte disputa matrimonial.

También pudo ver en una esquina de la sala, entre otras cosas, el uniforme del almirante. No lo dudó un instante. Se disfrazó de pies a cabeza y con la espada del almirante en la cintura, y cubriéndose la cara con un fino pañuelo de la India, como simulando un resfriado o un insoportable dolor de muelas, el paso decidido y el porte firme, Pellot pudo salir del castillo de Plymouth con todos los honores y saludos que se deben a un militar de ese rango.

Y no acabó todo ahí. Era imposible pasar inadvertido por las calles de Plymouth vestido de aquella guisa. Debía desprenderse de la extravagante ropa del almirante cuanto antes.

Cada vez que un soldado lo saludaba, Pellot respondía con una palabra en inglés aprendida en la cárcel. Y al cruzarse con la gente del pueblo, tosía, como si se encontrara enfermo y enfadado.

Hasta que un marinero borracho como una cuba tropezó en la misma dirección de Pellot. Fue visto y no visto. Pellot vestía ya ropas ajadas y sucias. Para cuando los soldados ingleses se percataron de su huida y comenzaron a desplegarse como un ejercito de hormigas por toda la ciudad, un carro de amables herreros transportaba a Pellot hacia el puerto de Hasting.

Una vez alcanzado el puerto, robó una caja con distintas clases de té en el barrio de mercaderes, y disfrazado de vendedor, consiguió un dinero que le reportó la suficiente tranquilidad para poder pasar inadvertido al menos por unos días.

Encontraría la manera, qué remedio, de salir de aquel puerto abarrotado de soldados ingleses. Pero ¿cómo? Pellot no sabía más que algunas palabras de inglés, y cada vez que se veía obligado a abrir la boca no había forma de disimular su acento francés. Para los ingleses, todo lo referente a Francia era, y sigue siendo, sinónimo de enemigo.

—¿Yo, francés? Lo que me faltaba —afirmaba siempre—. No soy más que un pobre vasco que trabaja en la captura del bacalao. Víctima de un naufragio que, afortunadamente, me ha traído hasta aquí.

Pero ya se sabe que las desgracias nunca vienen solas. Incluso en los momentos más difíciles encuentra uno el deseo de vivir, una luz o una pequeña ventana de salida. Y así me sucedió, en el tiempo en que Pellot anduvo sin poder encontrar el modo de salir del puerto de Hasting.

Conocí a Martín, cuando sólo seguía siendo una jovencita que se escondía bajo la piel de un chico de trece o catorce años. Mi querido Martín.

Hacía tiempo que me había fijado en él. Era bello e inteligente. De larga melena rubia, y unos ojos que parecían aclarar el día. Sonriente siempre, amable y considerado, un joven de pocas palabras que decía justo lo que uno necesitaba oír, ni una palabra más ni una menos.

Un día en que el doctor Hiribarren se encontraba trabajando fuera, tuve que salir yo a socorrer a Martín. Se había clavado una punta grande debajo del talón. La pisó sin darse cuenta, y al instante le perforó la piel como un puñal. La herida era grave.

Hiribarren me había dicho que pocos males había peores que el tétanos. Y que lo peor no suele ser la herida en sí, sino sus consecuencias. Para entonces había visto morir a muchas personas, que caían gravemente enfermas tras sufrir una pequeña herida. Hiribarren me explicó que una minúscula bacteria conocida como Nicolaier aprovecha el óxido de ese hierro que nos hemos clavado, para penetrar y llegar hasta las venas, para, seguidamente, infectar los músculos y el sistema nervioso y extender el dolor a todo el cuerpo. Pero que todavía no se había inventado un remedio eficaz. Nicolaier, el peor de los males. Qué casualidad que el nombre del bicho se pareciera tanto a mi apodo.

—Te va a doler, Martín —le dije sujetando el pie con las manos—, y no va a ser suficiente con limpiar la herida.

—Nicolás, haz lo que creas conveniente. Prefiero este dolor, al que después podrá venirme.

Pensé en lo que haría el doctor Hiribarren en una situación como aquélla: limpiaría la herida con alcohol o con yodo y después, a esperar que el tétanos no apareciera. Poco más se podía hacer.

Cerré los ojos. Y como ocurrió el día de la sal, no sé de dónde ni cómo, me surgió una idea que no dudé en llevar a la práctica. Puse a calentar un poco de aceite en una sartén, y mientras, limpié la herida con yodo. No era muy sangrante, pero sí profunda, del tamaño del dedo meñique.

Cuando el aceite se calentó lo suficiente, eché unos cuantos dientes de ajo y los freí hasta que estuvieron bien doraditos. Mientras, reuní unos palillos de madera sobre los que coloqué un trozo de algodón limpio. Seguidamente, empapé el algodón en el aceite y limpié la herida. La limpié y la quemé. Totalmente.

Martín dejó escapar algún que otro gemido. No era para menos, pero no se me ocurrió otra cosa para salvarlo.

El olor a carne quemada se extendió por toda la sala. E imaginé que ningún microbio, por mucho que se llamara Nicolaier, podría resistir aquel remedio.

—¿Cómo has decidido hacer eso? —me preguntó Hiribarren, días más tarde de lo sucedido.

—No lo sé, señor. Se me ocurrió.

—Se me ocurrió, se me ocurrió... a ti siempre se te ocurre algo. Con todo, lo que has hecho está muy bien, Nicolás —contestó, mientras anotaba en el cuaderno mi hazaña en latín: *Nicolás versus Nicolaier*.

Al cabo de unos días, cuando los trozos de piel quemada recobraron su estado natural, los cosí, y no quedaría ni rastro de la herida en el pie de Martín.

Pero aquel mismo día se abrió otra herida que no pude cerrar: fue la que provocó el puñal de sus ojos en mi pecho. Sus palabras eran como canciones donde poder balancear las mariposas de mis manos. La tarde era un mar con mil horizontes cada vez que me miraba. Daría la vida por una caricia, perdería el aliento en su abrazo.

No tardó en suceder. Al cabo de unos meses nos encontrábamos en la caverna que había en la playa de Loia, conocida en Hendaya como Sorginzilo, donde, según cuenta la historia, el inquisidor francés Pierre de Lancre, el mismo que quemó a cientos de personas en la hoguera un par de siglos antes, vio a más de mil brujas celebrando un aquelarre. En esa misma cueva había decidido yo ayudar a Martín a construir una barca.

Con la excusa de la barca, no falté a nuestra cita de la cueva ni un solo día. Me encantaba llegar y estar junto a Martín. Allí entendí que la felicidad no tiene más límites que los que crea el propio ser humano. Que basta una dulce palabra o el encuentro con un amigo para juntar el cielo y la tierra. Que cuando te enamoras notas que la brisa expande a tu alrededor un dulce perfume. Que las olas murmuran la balada de sus siete colores, las gaviotas te regalan la libertad de sus alas y el viento es una bufanda de plumas.

Uno de aquellos días en Sorginzilo, Martín se atrevió a sujetarme suavemente por la cintura. Respiró cerca de mi oído y sus labios rozaron mi cuello hasta fundirnos en un delirante beso. Eso fue todo. Después, silencio, como si aquel gesto tan dulce nos hubiera herido hasta el punto de avergonzarnos.

¿Cómo describir lo que sentí? Una indolora fiebre. Un aire que templa súbitamente la tarde más fría. No lo sé. Sólo recuerdo que el sol bajó hasta la playa de Loia, para descalzarse y acompañarnos por la arena. Ni más ni menos.

Cuando, al anochecer, nos dirigimos a casa, Martín me confesó que estaba avergonzado y atemorizado. No entendía cómo pudo desear tanto besar a un chico como yo. Y aquel beso fue el primero de su vida.

—Que eres un chico Nicolás —me dijo—, un maldito chico, igual que yo.

Confesó que estaba azorado y desorientado con lo sucedido. Que no era algo normal, que perdió el control y que, aunque yo le gustaba mucho, no era conveniente que volviera a la cueva. Que, vamos, que un chico no puede querer a otro chico de esa forma. No podía ser. Y que, aunque le dolía mucho, debíamos dejar de vernos.

No pude reprimir la risa y me costó encontrar la respuesta adecuada. El nerviosismo de Martín no hacía más que acrecentar mi deseo hacia él. El hecho de que hubiera sido tan sincero conmigo, de que me hubiera hecho partícipe de su perplejidad, me hizo comprender que me encontraba junto a alguien que sería un amigo para toda la vida. Las primeras luces de Hendaya iluminaban el camino de regreso, cuando decidí contar lo que jamás volví a contar a nadie más.

—Querido Martín, voy a contarte un secreto que jamás deberás traicionar. Un gran secreto, entre tú y yo.

El dulce sabor de la venganza

La balada de Inesa

Guardo en la memoria, como quien cuida un retrato al que mira todos los días, el tiempo que pasé en Hendaya, la espera maravillosa y triste, poco antes de zarpar.

Parece que fue ayer. Y es algo que ya no me sorprende. Hace tiempo que siento más vivo el pasado que el día de anteayer o el de ayer mismo. Ahora soy alguien de un tiempo remoto, una persona cualquiera sin presente.

Dicen que es señal inequívoca de vejez. Y dicen bien. Este mismo momento, o cualquier otro de este día, ya no crecerá en los prados de la memoria, en los campos de flores y perfumes del pasado. Se borrará irremediablemente, o más probable aún, no acabará de prender entre mis recuerdos.

Pero que nadie crea que llevo una vida de abuelita encantadora, la sangre todavía hierve en mis venas, y madrugo, me levanto muy temprano, y bajo a la playa de Loia, me siento sobre las rocas, me divierto con los peces y atrapo cangrejos que en vano se esconden bajo la arena. No me interesa en absoluto la tranquilidad del hogar. Cielo y tierra lo saben bien. Mi cuerpo es viento, indomesticable galerna.

Viven en mi memoria, ya digo, los viejos amigos y compañeros, las antiguas y pequeñas cosas del día a día. Incluso el nombre de los perros, tabernas y hoteles, calles y playas, botes y barcos mecidos por las olas del puerto. Seres y lugares ya desaparecidos. Es la inexorable factura del tiempo. Lo que vamos perdiendo y la memoria retiene inútilmente, lugares y personas que se escabullen como fantasmas por entre las pilas de recuerdos. Es pretender andar sobre un hilo de humo. Qué imposible anhelo y qué inútil esfuerzo.

Es evidente que era joven, una niña con la ilusión de salir al mar. El mar y, por supuesto, mi querido Martín. No podía respirar, parecía que me ahogaba cada vez que de él me apartaba. Con él aprendí que no merece la pena vivir solo. Que es necesario tener siempre un amigo que te trate como tal, en los mejores momentos y más aún en los peores, porque es entonces cuando podemos saber cuántos amigos de verdad tenemos.

En Martín encontré lo que otros encuentran en sus enamorados. Mucho más. Un día paseábamos juntos y sin aparente motivo recordé a mi madre. Abandonada como la dejé en la fría casa de Indazubi. Mi querida madre. Imaginaba su vida, y no me entraba en la cabeza qué demonios pudo ver en aquel muerto de hambre que fue mi padre. Borracho, gandul y desagradecido. Qué fue lo que nuestra dulce madre encontró en aquel estúpido bruto.

Ahora sé que la vida tiene pasadizos ocultos, senderos secretos, túneles disimulados que sólo uno conoce. Que mi experiencia es sólo mía y a nadie más que a mí le sirve, que todos somos únicos y diferentes. En definitiva, que no hay calzado que sirva para todos los pies.

Pero la cosa es que mi madre prefirió a quien luego sería mi padre. Y nunca sabré ni cuándo ni dónde ni cómo ni por qué. ¿Se vería obligada? ¿No le quedó más remedio?

Pensé en mi pobre madre, y lloré, lloraba por primera vez en mi vida, ante el asombro de Martín.

—¿Qué te ocurre, Inesa? —preguntó—. Jamás te había visto llorar.

—Añoro a mi madre, Martín —contesté—. Cuánto tiempo hace que no sabe de mí.

Silencio. Él sabía que hay penas que sólo el silencio y la soledad pueden curar, como hay placeres que sólo la soledad y el silencio pueden conocer.

Martín era hombre callado, muy gentil. Aprobaba con entusiasmo mi inquieta manera de ser. Si él era el tronco, yo era la hoja a merced de cualquier viento. Si él era el mar, yo la ola que nunca está quieta. Impaciente y cascarrabias, así era yo, antes, ahora y siempre.

La finura de los dedos no dejaba adivinar la poderosa fuerza de las manos de Martín. Apuesto como pocos, sus cabellos eran del color de la paja expuesta al sol, peinados siempre como por un suave oleaje. Hogar acogedor su pecho y su espalda, y la voz, ay, su voz, cómo música embriagadora que llegaba no sé de qué mágico lugar.

Nunca una palabra más alta que otra. Hablaba pausada y cariñosamente. Sentía como suyas todas las cosas, nada le resulta ajeno, y había algo que convertía en trascendental todo lo que hacía, todo, hasta los actos que muchos podríamos señalar como de lo más insignificantes.

—Tú y yo somos una suma, Inesa —me dijo aquel día en el que soltamos la barca—. Dos partes de un mismo ser. Dos mitades que forman una.

—Sí, Martín —le contesté—. Pero ¿hasta cuándo?

—Hasta que tú quieras, Inesa. Antes te aburrirás tú de mí, que yo de ti. Si persistes en la idea de hacerte a la mar, si algún día das con el capitán Pellot, no te acordarás de este pobre carpintero que se queda en tierra.

—No, Martín, eso jamás. Aunque me vaya al otro extremo del mundo, te llevaré conmigo y siempre regresaré a tu lado.

—Eso es imposible, Inesa. El mar no perdona las distancias, y los recuerdos se hunden como enormes trozos de plomo.

—También he oído todo lo contrario: el marinero siempre sueña con volver a tierra. Y el mar puede ser como un terrorífico golpe que abre las heridas de la nostalgia, la añoranza de todo aquello que uno deja como anclado en el puerto.

De nuevo el silencio, prolongándose esta vez por un buen rato. Era un mutismo que parecía decirlo todo. Que no me hiciera a la mar, que olvidara a Pellot. Martín quería que enterrara mis sueños de pirata. Me necesita a su lado, cerca, muy cerca.

—No, Martín —dije a la vez que solté los remos—, no me pidas que abandone todo lo que soy, lo que me ha traído hasta aquí, lo que ahora nos une. Mi vida está en el mar, sabes que me iré a la primera ocasión, y a ser posible en la nave de Pellot.

—Lo sé, Inesa. No eres de las que toma una decisión en vano. Sé muy bien que tu destino está en un lugar que no es el mío.

—No digas eso, Martín. Donde quiera que esté, allí estarás conmigo, siempre.

Agarré los remos. De repente, una luz pasmosa se agitó en los ojos y labios de Martín. Han tenido que pasar algunos años para que pueda entender la razón de aquella enorme sonrisa. Aquel desconcertante gesto de Martín implicaba la aprobación de mi manera de ser. Me quería tal y como yo era.

—He pensado en el nombre que vamos a poner a la barca, Inesa.

—Ya me lo has dicho: *Vaivén*.

—No. He decidido uno nuevo.

—¿Cuál?

—*Siempre Juntos*. Se llamará *Siempre Juntos*.

Volví a soltar los remos para abrazarlo con fuerza. El cielo estaba abierto, quieto, y silencioso el mar. La tarde era tapiz con hilos rojizos y, aunque el verano aún quedara lejos, comenzaba a despertar su calor.

Siempre Juntos se mecía suavemente, y era como

una cuna de amor que nos mantenía abrazados, el aire trajo un beso de azúcar que se derritió en el cántaro de nuestros labios. *Siempre Juntos.* Dos mitades de un todo. Dos fragmentos distintos, pero hechos el uno para el otro. Nunca había sentido armonía semejante.

Aun así, nuestros nuevos encuentros se producirían siempre en secreto. Yo era Nicolás para todo el mundo, y Martín procuraba tratarme como a un joven de su edad. Era una situación casi siempre asombrosa, y complicada. No era nada sencillo interpretar aquella verdadera obra de teatro. Incluso, hubo gente que recriminó a Martín el trato que me dispensaba.

—Nicolás, ¿quieres acompañarnos a la plaza?

—Serás patoso —le reprochaban—, le hablas como si fuera una niña. ¿Cuándo aprenderás?

Y sonreímos casi hasta el extremo de delatar nuestro secreto. Un secreto que no podíamos confiar a nadie. Lugar íntimo y enmascarado. Silencio que nos unía y nos alejaba al mismo tiempo.

Y no era el único. Cierto día le pregunté a propósito sobre su tío el párroco. Qué opinión tenía. Cómo se comportaba con su madre y con él mismo.

Y Martín callaba de pura vergüenza. Se veía obligado a aceptarlo en la familia. Sé que le repugnaba su personalidad, pero la educación que había recibido le impedía odiarlo.

—No quiero hablar de eso, Inesa —decía—, sabes perfectamente que nuestro tío no es ningún santo, pero es nuestro tío al fin y al cabo, el hermano de mi madre. Y sanseacabó.

Sin embargo, yo insistía, y cada vez que se me presentaba la ocasión, volvía a preguntarle. Hasta que conseguí por fin saber todo lo que quería y más. Sus costumbres y pretensiones, sus desvaríos y debilidades, todo. Martín me fue dando, aunque a regañadientes, noticias que pronto se convertirían en un tesoro para mí, palabras que, sin saberlo entonces, eran como pepitas de oro que guardaba en el cofre de la memoria.

Así supe que el tío de Martín no era precisamente el mejor ejemplo de la nueva ley de igualdad que trajo la Revolución, muy al contrario, era hombre que añoraba tiempos pasados, el antiguo régimen de la Monarquía. Detestaba la idea de igualdad entre hombres y mujeres. Y aunque las nuevas leyes hablaban muy claro, él se hacía el sordo, y no abandonaba la esperanza de recuperar los privilegios que tan fácilmente consiguió poco tiempo atrás. Como prior del pueblo, le humillaba verse bajo la autoridad civil.

También supe que la señora Haizpuru y toda su camarilla de chismosas compartían aquella misma opinión. Otras que soñaban con lo que les "quitó" la Revolución, que pagaban los viajes del prior a Burdeos, Pau y París de su propio bolsillo. Formaban como una especie de organización clandestina que, con el apoyo de algunos franceses y españoles, pretendían frustrar los designios del nuevo pronunciamiento popular.

Mi curiosidad ha sido insaciable siempre. Y el ansia de noticias frescas enseguida hace viejas las más recientes y busco nuevos datos ansiosamente, y otros nuevos datos enseguida, y vuelta a empezar. En una de nuestras conversaciones, Martín confesó su preocupación por las veces que el tío prior cruzaba la frontera. Desconfiaba del soldado castellano que lo esperaba al otro lado, un hombre que estuvo escondido en su casa, y que le daba muy mala espina.

Martín no supo explicar quién era realmente. No recordaba su nombre. Sí su acento español, que le parecía de "muy lejos". Que no hablaba, sino ladraba. Y así, hasta que recordó su bigote retorcido, roto. Ya no cabían dudas.

—¡El teniente Patraña! —exclamé

—Sí. Ése es. ¿Cómo lo sabes?

—Es una vieja historia, Martín, una historia muy vieja.

Martín lo contaba todo como con cuentagotas y, a decir verdad, me costaba sudores arrancarle una palabra. Hoy un verbo, mañana un adjetivo, medias frases de un discurso que, como con las piezas de un rompecabezas, yo debía ir uniendo y completando. Mientras tanto, aguardaba celosamente el momento propicio para pillar al prior en mis redes.

En cuanto supe que el cornudo del teniente Patraña era socio suyo, mi talante amable y bondadoso varió de cuajo. Notaba que el corazón se me hacía de hielo. Y no me importaba.

Llegó el ansiado día. Y lo que en aquellas circunstancias interpreté como pepitas de oro, se convirtieron, de manera totalmente inesperada, en piedras preciosas. Era una oportunidad que no podía dejar escapar. Tenía un testimonio privilegiado y lo iba a utilizar en mi favor. Muchas veces, no hay tesoro más preciado que una buena información.

Decidí remitir un anónimo al gobernador de Hendaya.

"Excelentísimo Señor Gobernador, soy un simple ciudadano que desea mantenerse en el anonimato, por el momento. Es mi obligación poner en su conocimiento una noticia que ha llegado a mis manos, para que usted haga lo que crea menester.

Según he podido saber, el prior Azpilikueta ha vendido en secreto la imagen de plata que representa a la Santísima Trinidad de la iglesia de Hendaya. La misma que se guarda en el estante de la sacristía.

Desconozco los motivos que han llevado al prior a cometer tal acción y sé que el comprador es un soldado castellano de nombre Patraña. No me parece justo que algo que es de todos se utilice para satisfacción privada.

Estoy convencido de que el dinero obtenido por la venta se destinará al pago de ciertos servicios contra los mandatarios de la I República francesa y de la Revolución que usted representa.

Queda en sus manos tomar las decisiones adecuadas para dar fin a tal situación.

Asimismo, mediante esta misiva, pongo en su conocimiento que quedo libre de toda responsabilidad.

Que la libertad, la igualdad y la fraternidad le guíen en la tarea".

Aquel mismo día, el gobernador y un grupo de gendarmes registraron la iglesia. Por supuesto, faltaba la imagen de la Santísima Trinidad. Y la imagen de san José y la Epifanía de los tres reyes. Preguntaron por el prior en casa de Martín. No estaba. Había huido en busca de un lugar donde esconderse.

De noche, vi una pequeña barca que salía hacia Fuenterrabía cruzando la desembocadura del río. Una sola persona remaba con dificultad. El frío, la lluvia y un cielo sin luna desfiguraban su rostro, pero a mí no me engañaba. Era Azpilikueta, que desaparecía entre las sombras del Bidasoa como perseguido por mil demonios.

Aquel episodio no consiguió devolverme al doctor Hiribarren. Sabía, además, que no pagaría lo suficiente por todo lo que me hizo. Pero había conseguido trastocar los planes del prior. ¡Quitarme a ese canalla de la vista!

Y aunque las desgracias ajenas nunca consuelan las tuyas propias, puedo jurar que el sabor de la venganza es dulce, de una dulzura exquisita.

Y llegó por fín el día

La balada de Inesa

¡La sorpresa! Pellot regresó por fin a su casa de Priorenia. Y de qué manera. Llegó acompañado por una treintena de hombres y marineros, que cantaban y gritaban ¡Viva Pellot! ¡Aquí está nuestro capitán! desde los carros. Boinas y tiros al aire. El estruendo de una vieja corneta. Passepartout, Pincho y Pepín, unos pasos más atrás que Pellot.

Hendaya y Urruña enteras salieron a la calle. Jóvenes y niños se unieron al recibimiento, incluso yo me sentí contagiada por el calor de aquel espectáculo único. ¡Viva Pellot!, gritaban todos camino de Priorenia. ¡Viva el capitán!

Cantos y risas que, al llegar a la entrada de Priorenia, cientos de personas callaron de súbito. Doña María esperaba frente a la puerta, acompañada de dos de sus damas. Quieta. Y en sus ojos sólo la sombra de una gran tristeza. Sin decir palabra, regresó al interior de la casa, dando la espalda a cuantos allí estábamos. Tras ella, Pellot.

Todo los presentes nos quitamos los sombreros a su paso, y nos miramos unos a otros sin saber qué hacer y qué decir. La fiesta había acabado. El rostro de doña María fue como un jarro de agua fría.

La voz del narizotas de Pepín rompió la horrible red de aquel silencio, en un intento de reanimar el ambiente.

—¡El capitán Pellot ha ordenado saciar la sed de los hendayenses, aunque para ello tengamos que vaciar todas las bodegas!

Ya estábamos de nuevo dando voces y saltando de alegría, ¡Viva Pellot! ¡Viva el capitán!, camino del centro del pueblo.

Para entonces corría ya de boca en boca, exagerada y magnificada por la imaginación popular, la forma en que Pellot escapó de los ingleses. Cómo consiguió humillar, avergonzar y sorprender a las autoridades y al almirante del castillo de Plymouth. Allí todo el mundo decía conocer mejor que nadie la hazaña de Pellot. A decir verdad, todo aquel que tiene una vida gris y dura, tiende a creer en aventuras y hazañas, por muy lejos que ocurran, necesita tener algún sueño, por mucho que el protagonista de ese sueño sea otra persona. La cuestión está en creer que hay vidas más emocionantes que la nuestra y que, además, son verdad. Que nuestro paso por la vida no se puede limitar, hoy sí y mañana, también, a aceptar la monotonía y la rutina de todos los días. Todo ser humano necesita una forma de evasión.

Así, aunque los ingleses lo tuvieron prisionero, sabían muy bien a quién habían apresado. Las crónicas del capitán vasco eran conocidas en todos los puertos de Portugal, España o Inglaterra. Ni que decir tiene que también en Francia y el propio País Vasco. El más hábil de los navegantes que han surcado los mares, el más valiente de los corsarios que lucharon a favor de los franceses, actor extraordinario y magnífico bailarín, experto espadachín, diestro con la pistola... Qué no se decía del Zorro Vasco.

No todo era verdad, pero aquélla era ante los demás la carta de presentación de Pellot. Los ingleses lo consideraban un enemigo, y no un enemigo cualquiera, era además por aquel entonces el ser más famoso y peculiar del mar. Es decir, el capitán de Hendaya, encendía en sus enemigos tantos recelos como admiración o cierto interés al menos. Por ese motivo, lo llamó a su presencia el almirante de Plymouth, lo que aprovechó Pellot, como ya sabéis, para escapar del castillo y llegar al puerto de Hasting.

El segundo día que tuvo que pasar el capitán Pellot en el puerto de Hasting pensaba en la mejor manera de regresar a casa cuando observó amarrado un precioso bergantín de doce cañones, bien preparado para la guerra, y dispuesto para zarpar. Pellot se interesó por el bergantín y supo que pertenecía a un joven y valiente capitán de Jersey que, antes de embarcar nuevamente, iba a casarse en la catedral de Hasting, para poder llevar después a la esposa a su residencia de Jersey. El Viejo Zorro comenzó enseguida a maquinar su plan. Pellot llegó a la conclusión de que un joven capitán que se casa de un día para otro tenía que ser sensiblero a la fuerza. El plan era perfecto. Fue fácil dar con el recién casado, y más fácil aún hacerle creer lo que parecía una de las mejores interpretaciones dramáticas que se han visto nunca en las grandes óperas.

Pellot contó al joven capitán, en un inglés que mejor no repetir aquí, que era un pescador vasco de nombre Altuna. Le explicó que trabaja en un barco bacaladero que amarraba en el puerto de Orio, hasta que una inesperada tormenta lo empujó por la borda del barco, para acabar arrastrado hasta la costa de Inglaterra. Y que en aquel momento trabajaba a las órdenes de un auténtico tirano galés, que no le pagaba pero, eso sí, le castigaba sin ningún motivo y que, gracias al té de contrabando que vendía a escondidas de su amo conseguía lo poco que se llevaba a la boca. El perro más sarnoso del mundo era mucho más afortunado que él, ni comparación. Y le narró así una desgracia tras otra. Rogó que lo aceptara en su tripulación, que no se arrepentiría, que a cambio de comida sería el servidor más fiel y eficiente que jamás hubiera tenido.

Aturdido por el relato de una vida tan perra como aquélla, el capitán no dudo en concederle ese favor. Esa misma noche, Pellot estaba instalado en el bergantín. Durante los días anteriores a la ceremonia nupcial, Pellot fue ganándose el afecto del resto de la tripulación: era el mejor ayudante de cocina, hábil maestro con la espada, rápido como una lagartija subiendo al mástil, elegante bailarín, marinero fiel, excepcional narrador de fantásticas historias... Nadie de aquel barco podía superar su destreza a la hora de sujetar y soltar las velas colgado cabeza abajo con la única ayuda de una cuerda atada a uno de los tobillos.

Nunca habían conocido a nadie como Pellot. Comenzando por el propio capitán, hasta llegar al último tripulante, todos estaban encandilados con aquel hombre de mil caras.

—Como bien sabes —le dijo el joven capitán un día antes de la boda—, me caso mañana. Todos los miembros de la tripulación me acompañarán hasta la catedral. Celebraremos una gran fiesta. Quiero que el de mañana sea un día grande. Alegría y felicidad para todo el mundo.

—Que así sea, mi capitán —contestó Pellot—. Se merece lo mejor.

—Seis soldados, tú y el austriaco, cuidaréis del barco. Ocho hombres en total. Lo siento mucho, pero alguien debe quedarse a bordo y vigilar el bergantín.

—Lo comprendo, mi capitán.

—Aun así, quiero que todos estéis en la fiesta, y me gustaría que también vosotros compartierais mi felicidad.

—Mande lo que quiera, mi capitán.

—Teniendo en cuenta que el cocinero también vendrá con nosotros, quiero que tú te encargues de servir a los del barco. Que no falte de nada, ni comida ni bebida.

—Quede usted tranquilo, mi capitán. Yo me encargo.

Esa misma noche, Pellot tomó la decisión de escapar. Costara lo que costara, al día siguiente no estaría allí. Pero ¿cómo lo haría?

Pellot salió muy de mañana a comprar la comida para el banquete. Aprovechó el dinero del capitán para comprar más de lo necesario. No olvidó un poco de opio recién llegado de Turquía.

Y llegó el momento de la comida. Platos que, según aquellos soldados británicos, nunca habían tenido la suerte de probar. Habían oído hablar de la sopa bullabesa, pero nunca imaginarían que iba acompañada de apetitosos trozos de merluza, lubina, langosta y otros pescados.

Y después de la comida, el postre. Después del postre, un exquisito ponche, y tras del ponche, cómo no, té. La bebida preferida de los ingleses. Y con el té, el azúcar, y con el azúcar, el opio, mezclado. El plan de Pellot comenzaba a funcionar.

Poco antes le había dicho al marinero austriaco que no se sorprendiera si veía dormidos a los soldados. Que no era más que un juego, y que no cogiera el azúcar utilizado por ellos. Que tomara de donde él tomaba.

El cándido austriaco creyó todo lo que le dijo Pellot. Los soldados fueron quedándose dormidos, lo que aprovechó Pellot para colocar un pistolón contra la sien del austriaco, que sólo entonces se dio cuenta de lo que en realidad sucedía.

—Pobre botarate, ¿qué hace un austriaco como tú en un bergantín inglés?

—¿Qué pretendes? —contestó el austriaco.

—Escaparme con la embarcación a Francia.

—Eso es imposible. Un hombre solo no puede...

—¿No sabes contar? Somos dos los que permanecemos despiertos.

—No, yo no voy a ayudarte.

Pellot disparó al aire, y antes de que la pólvora desapareciera volvió a colocar la boca del pistolón entre los ojos del austriaco.

—Tú harás todo lo que yo te diga. Y pronto.

Al marinero se le disiparon todas las dudas. Percibió en la mirada de Pellot la tenue luz de quien está acostumbrado a matar a su enemigo. Aquellos ojos sólo podían ser de alguien habituado a tomar decisiones de vida o muerte.

Los soldados que vigilaban el puerto de Hasting dieron la voz de alarma cuando vieron moverse al bergantín. Gritaban que la embarcación no podía zarpar sin permiso. Que estaba prohibido hacer maniobras sin mostrar la autorización por escrito.

—No os preocupéis —gritó Pellot desde la cubierta—. El capitán y la tripulación estarán en tierra durante la fiesta. No vamos a ninguna parte. El capitán ha ordenado que atemos más largo el bergantín. Luego os entregaré la orden.

El bergantín se alejaba, lentamente, pero se alejaba. Atrás quedaba, poco a poco, la tranquilidad del puerto. Primero una vela, después, otra. Las mayores se izaron detrás de las pequeñas. Finalmente, la vela principal. Era obvio que el bergantín no tenía la menor intención de quedarse. Ni más largo ni más corto, simplemente se marchaba.

Los soldados de tierra, al ver que las maniobras duraban más de lo habitual, lanzaron varios cañonazos de aviso, que se oyeron por toda la ciudad. Las campanas de la iglesia del puerto también comenzaron a repicar y los allí presentes dirigieron su atención hacia el bergantín que buscaba ya el horizonte. Los guardias de la aduana lanzaron cinco cúters tras él, pero ya era tarde.

Con la ayuda del viento del oeste, no había quien parara al nuevo bergantín de Pellot. Además, si la ayuda del viento resultaba poca, una excepcional y arriesgada maniobra dio a Pellot cuatro leguas de ventaja sobre sus perseguidores, lejos de los arrecifes que consiguió cruzar en perpendicular, como antes nadie lo había hecho. ¿Quién puede frenar la velocidad de un rayo?

Las aventuras de Pellot no conocían fronteras. Menos en Hendaya, donde no había hostal, plaza, iglesia o calle donde no se hablara de él. Si alguien oía hablar de cuatro, luego contaba catorce. La última hazaña de Pellot contra los ingleses iba creciendo como crece un pequeño pozo en un día de lluvia. Qué más daba, era un día de alegría y fiesta, y todos queríamos disfrutar del regreso de Pellot. Además, pocos acontecimientos alborotaban así nuestra vida cotidiana, no al menos de la manera en que lo hacían las aventuras de Pellot.

Pocas horas más tarde, Pellot alcanzaba la costa francesa al mando del bergantín robado a los ingleses. Cuando llegó al puerto de Boulogne, los soldados británicos aún dormían y fueron los aduaneros franceses quienes les ayudaron a recoger las velas y amarrar el barco. Aquél no era un trabajo que pudiera hacerse sólo entre dos personas.

La ciudad y el puerto de Boulogne, por aquellos días, seguían bajo la autoridad del general Augereau y Pellot se presentó ante él. Tanto el general como el resto de altos cargos que formaban la presidencia, se encontraban en plena reunión.

—Veo que los soldados de tierra tienen su equivalencia en valerosos hombres de mar —exclamó el general—. No te he de olvidar para los nombramientos y recomendaciones que haré ante el gobierno de París. Habrá una recompensa para el capitán que ha entregado a la República Francesa el bergantín robado a los ingleses. Puedes estar seguro de ello.

—No quiero ni oro ni plata, mi general. Menos aún ninguna medalla. Mi deseo es otro —explicó Pellot.

—¿Y qué es lo que desea nuestro capitán vasco?

—Quiero el bergantín para mí.

—Sabes que eso es imposible.

—Lo sé, pero ardo en deseos de volver contra los ingleses. Además, si usted lo permite, al barco le pondremos su nombre. Con este bergantín en mis manos, los ingleses temblarán con sólo escuchar el nombre del *General Augereau.*

Rechazar aquel deseo hubiera sido ir en contra de la voluntad de todo un pueblo. El general entregó el bergantín a Pellot, y le ordenó que dispusiera de todo lo necesario para que el bergantín *General Augereau* zarpara inmediatamente.

—Perdone, mi general, pero no necesitamos nada. Los ingleses ya lo habían pertrechado en el puerto de Hasting. Es otra cosa lo que necesito de usted.

—¿De qué se trata?

—Propague la noticia de que el capitán Pellot necesita hombres para formar la tripulación del *General Augereau* y salir a luchar contra los ingleses.

Y tampoco hizo falta propagar la noticia a los cuatro

vientos. Al momento, un grupo de hombres se prestó para hacerse a la mar a las órdenes de aquel osado. Motivados por las historias que se contaban acerca de Pellot, se unieron cientos de hombres a ese propósito, y él capitán no tuvo más que elegir a los mejores miembros de la futura y flamante tripulación.

El *General Augereau* salió del puerto de Boulogne con las velas todas izadas. La despedida fue multitudinaria. *Vive Pellot, Vive la France!* Y esta vez también era otra la intención de Pellot: ansiaba alcanzar cuanto antes el puerto de San Juan de Luz, para dirigirse de allí a Hendaya, y rápidamente a Priorenia, junto a la señora María y todos los amigos que hace tanto tiempo no veía.

Cerca ya del canal de la Mancha, Pellot pudo comprobar sobre la furia de aquellas aguas, una vez más, que aquel bergantín robado a los ingleses, no era una embarcación cualquiera. Aquella tripulación lo hacía bailar como un delfín sobre las olas. Era ligero como jamás habría llegado a imaginar. Era sencillo de maniobrar y los hombres se movían como trapecistas, arriba y abajo, de un mástil a otro. Y al mismo tiempo era fuerte como una tormenta de hielo.

Cruzaban ya el canal de la Mancha, cuando el atardecer sorprendió a Pellot reflexionando sobre la proa. Ante sus ojos se presentaba la inmensidad del mar, la ruta hacia las Indias que tantas veces había recorrido. No volvería a hacerlo. Prefería abordar barcos españoles e ingleses en un lugar que nadie como él conocía. No se le escaparía ninguno. El *General Augereau* era el más rápido, y él, el capitán más intrépido.

Pensaba en esto y aquello, cuando divisó en el horizonte un pequeño punto. Un pequeño punto que creció y creció hasta adquirir la forma de un barco. No había duda, era un galeón y seguramente británico. La orden fue inmediata.

—¡Izad las velas! ¡Todos a sus puestos! Ha llegado la hora.

A medida que se acercaba al objetivo, vieron que se trataba de una embarcación de grandes dimensiones. De al menos unas setecientas toneladas de peso. Veinte cañones por banda, y todos abiertos. Pero no mostraba ninguna bandera. Tampoco esto preocupó en exceso a Pellot. Si se dirigía hacia Inglaterra, debía tratarse de un barco inglés. Para qué complicarse.

Pellot introdujo las dos manos en un recipiente de pintura negra y se embadurnó el rostro. Sus ojos parecían dos lunas de fuego en medio de la noche. La tripulación imitó el gesto de Pellot. Además de ser el capitán, era el modelo de todos.

—Somos como gorilas, no, mejor aún, ¡somos auténticos demonios! Terribles demonios salidos del mismísimo infierno. No olvidéis esto, cortadles el gaznate o partidles el corazón. ¡No dejéis a ninguno vivo!

Pero lo más sorprendente era que en el buque enemigo no había señales que indicaran que fueran a defenderse. Ni tan siquiera un tiro de cañón como respuesta. Y por la borda no asomaba nadie. Aquella inesperada circunstancia asustaba a los marineros, nadie intuía qué podría suceder, ni cómo acontecerían los hechos. Pero la decisión ya estaba tomada y Pellot no era de los que se echan atrás.

El bergantín prosiguió su acercamiento sin perder velocidad, con todas las velas hinchadas como nubes. El abordaje era cosa de unos segundos. Aquellos hombres que no parecían humanos, agarraban con furia sus armas, cuerdas, ganchos y grandes garfios. Sólo faltaba recibir la orden del capitán de Hendaya.

El *General Augereu* chocó contra el barco. Las costillas de las dos embarcaciones crujieron estrepitosamente. Sin perder el equilibrio, Pellot fue el primero en saltar de una cubierta a otra. Tras él, el resto de la tripulación. Los barcos quedaron unidos en un abrazo de vida o muerte. La suerte estaba echada.

Pero nada. Allí, por no haber, no hubo ni una espontánea pelea. El espectáculo era desconcertante: alrededor de trescientos hombres cubrían arrodillados la cubierta del barco y alzaban los brazos en señal de clemencia.

—Por favor, apiadaos de nosotros.

Pellot reclamó la presencia del capitán y vio aparecer desde una esquina del barco a un hombre colorado, gordo y calvo. A la vista estaba que allí era lo más parecido a un capitán. Entre los dedos traía una ridícula pistolita que agarraba por la culata como si de la cola de un ratón se tratara.

—¿Qué ocurre aquí? ¿Qué es todo esto? Responda —ordenó Pellot.

—Éste es un barco que no lleva armas. Los cañones que veis no son de verdad, son un simple truco. Y estos hombres son todos presos que debo entregar en Botany-Bay. Tengo esa orden.

—Aquí no se va a entregar a nadie. Ponga al barco

con todo lo que contiene rumbo al puerto de San Juan de Luz. ¡Ya!

Enseguida se arrepintió Pellot de lo que había dicho. Para qué necesitaban los británicos trescientos presos. En ninguna parte existía una cárcel lo suficientemente grande para acogerlos a todos, y luego estaba el problema de alimentar a tanta gente, aunque sólo fuera basándose en arroz y judías. Fueron los mismos presos quienes le dieron la solución para semejante embrollo.

—Llévenos a Portugal. Déjenos cerca de Lisboa o abandónenos en el Tajo, y se lo agradeceremos el resto de nuestra vida.

Si el viento los acompañaba alcanzarían Lisboa en tres o cuatro días. Pellot no tenía nada que perder. Ordenó el nuevo rumbo de los dos barcos: Lisboa.

—Antes que nada, jabón y agua. Tenemos que lavar nuestras caras de mono cuanto antes.

Excepto para el capitán del barco capturado y sus pocos hombres, el viaje a Lisboa fue como una excursión de placer. Los presos sabían que aquél era un lugar seguro y que si llegaban a ser libres algún día, era también el mejor sitio para empezar una nueva vida. La tripulación de Pellot, no puso reparos a la decisión del capitán, sabían muy bien que si vendían el barco con su cobarde capitán y los trescientos presos, a cambio conseguirían oro. Mucho oro. Portugal acogería con agrado el barco inglés, aunque sólo fuera por negociar algún trueque con los británicos. Y así es como Pellot llegó por fin a San Juan de Luz diez días después de partir de Boulogne, dueño del *General Augereau,* veloz bergantín de doce cañones, y con los bolsillos llenos del dinero fresco obtenido del trato con los portugueses.

Claro que no sería cierto todo lo que se contaba pero, tal y como he dicho anteriormente, las historias que nacen y crecen de boca en boca siempre cambian. Yo me he limitado a escribirla tal y como la escuché, sin quitar ni añadir ningún detalle.

En medio de aquella fiesta de recibimiento, entre el jolgorio y la alegría de la bienvenida a Pellot, sólo había dos personas que no pudieron evitar una profunda tristeza. Martín y yo.

Martín veía acercarse el día de mi partida, y me confesó su desconsuelo. Prefería que Pellot no hubiese regresado nunca. Estaba dispuesto a acercarse hasta el puerto aquella misma noche y hundir el bergantín inglés.

Mi preocupación, en cambio, era entrar a formar parte de la tripulación de Pellot, sabía que le sobrarían buenos marineros. Llegarían de todo el país, atraídos por el deseo de trabajar a las órdenes de Pellot. Sabía perfectamente que en el *General Augereau* no habría sitio para una muchacha como yo.

Pero primero tendría que verlo, no había dejado atrás a mi madre y mi tierra para nada. No hice el duro viaje hasta Hendaya para quedarme con los brazos cruzados. Incluso, había vencido hasta a la mismísima muerte en un enfrentamiento cara a cara. Algún sentido debía de tener todo aquello.

Bajo el nombre de Nicolás seguía siendo Inesa de Indazubi, y alguien que, como yo, ha nacido entre montes y bosques, sabe perfectamente que hasta las cuestas más duras y empinadas pueden superarse. Y más aún si se acierta el camino elegido y con el paso adecuado.

Pero ¿sabría acertar el mío? Ésa era la pregunta que me rondaba la cabeza en medio de aquella incansable fiesta.

La última balada

La balada de Inesa

Al día siguiente de la llegada del capitán, la señora María reunió a los habitantes de Priorenia frente a la casa, jóvenes y ancianos, mayores y pequeños, hombres y mujeres, todos acudimos a su requerimiento. Esperábamos ansiosos la aparición del hombre de la casa, Pellot. Desde el mismo instante de su regreso, anduve comó mareada. Imaginar su presencia me elevaba un palmo del suelo. Y no me ocurría sólo a mí. De una u otra manera, todos admiraban y respetaban al señor de la casa. Quienes lo conocían, porque tenían el favor de su amistad, y los que, como yo, habíamos parado en Priorenia, fuéramos sirvientes, visitantes o invitados, porque queríamos conocerlo en persona.

Y apareció Pellot y, sin tiempo a reaccionar, saludó a todos los presentes, uno a uno. Abrazos, apretones de mano, una palabra amable y cariñosa para todo el mundo. Por fin, llegó mi turno. Lo tenía a dos pasos de mi frente, mudo, observándome fríamente. Un silencio que me pareció inquietante. Incómodo.

—Buenos días, señor, soy el enfermero Nicolás. Antiguo ayudante del doctor Hiribarren —me atreví a romper el tenso hilo de aquella inesperada situación.

Pellot, en cambio, nada. Mudo como una piedra, me miraba, me observaba, me contemplaba como quien descubre un bicho raro. Afortunadamente, la señora María volvía a sacarme de un apuro.

—Etienne, éste es el joven navarro del que te he hablado. Lo rescatamos cuando estuvo a punto de ahogarse en el río, y ahora es él quien nos salva a nosotros.

Nada. No había forma de que Pellot dijera nada. Era como un enorme árbol cosido a la tierra. La impaciencia del momento empezó a contagiar a las demás personas, que volvían sus miradas hacia nosotros, sin entender muy bien qué era lo que pasaba. El silencio posó en las ramas de mis nervios el canto de los cuervos y los tordos, y me pareció como de mar embravecido el murmullo del río Bidasoa. La mañana era fría, con un cielo que invalidaba la ilusión del sol. Era una mañana sorprendentemente silenciosa, sólo el aleteo del viento acompañaba el sigilo de las miradas. Hasta que, cuando todo parecía indicar que la actitud de Pellot podría persistir unas cuantas horas, me dijo:

—Yo a ti te conozco, zagal. Nos hemos visto antes en alguna otra parte.

Deseé cerrar los ojos y desaparecer, evaporarme con

el rocío de la mañana, haberme quedado en la profundidad del río para siempre. Había imaginado cómo sería nuestro primer encuentro en todas sus posibilidades y formas, pero nunca nada parecido a lo que allí me estaba sucediendo. ¿Quién podía pensar que, después de tanto tiempo, aquel hombre iba a reconocerme? "¿Qué hago? ¿Cómo salgo de ésta? ¿Qué pensará María cuando vea que el pobre Nicolás a quien salvaron del río es una muchacha cuyo verdadero nombre es Inesa?"

—Creo que se equivoca, señor. No nos conocemos —encogí el cuerpo todo lo que pude.

—Mientes. Nunca olvido una cara. Dime, ¿cuándo y dónde nos hemos visto?

—No nos hemos visto nunca, señor.

—Lo sabré tarde o temprano. Te repito que nunca olvido un rostro.

La señora María buscaba la solución a aquella angustiosa situación.

—Vamos, Etienne. Estarás confundido. No es posible que conozcas a Nicolás.

—Te digo que sí, esposa mía. En algún sitio he visto antes a este joven, y pronto recordaré dónde. Jamás me ha fallado la memoria.

Pellot no podía desatender por más tiempo a las demás personas que se habían acercado hasta allí con el único propósito de darle personalmente la bienvenida. Todo quedó en un gran susto. Y los días posteriores, me mantuve más alerta y precavida que nunca, como al margen y sin querer llamar la atención por nada. No podía dar a aquel hombre la llave que le llevaría hasta recordar a

Inesa de Indazubi, ni la menor oportunidad. De suceder, adiós para siempre adiós a mis dulces promesas.

Tiempo que aproveché para pensar en la manera en que alguien como yo podría aspirar a ser un miembro más de la tripulación del *General Augereau.* Volví a pedirle el favor a la señora María. Le rogué, humildemente, que pidiera a su esposo que me aceptara en el barco. Se negó en redondo. Me quería demasiado para permitirme semejante locura. Insistió en que me quedara en tierra, ejerciendo de médico, antes de acabar manco o tuerto en el mar. Me pidió que no volviera a pensar en esa posibilidad.

—Además, Nicolás, no son buenos tiempos para los corsarios —añadió—. Es cierto que, antes, se ganaban la consideración de todos. Pero ahora, cada vez son menos quienes los miran con buenos ojos. Y todo, a cambio de un tesoro sólo lleno de cicatrices. En París y en Londres se van prohibir sus acciones. Es el punto y final de los corsarios, Nicolás.

Una tarde que me encontraba mirando por la ventana, vi a Pellot camino de casa. Iba sobre un caballo color canela y salí a su paso.

—Algún día me dirás la verdad, ¿no es así, Nicolás? —me dijo.

—¿Qué?

—Dónde y cuándo nos hemos conocido.

—Me ha visto por primera vez aquí, señor. Si no fuera cierto, se lo habría dicho.

—Escondes algo, Nicolás —contestó entre risas, como aceptando el reto de un mocoso—. Algún día conoceré tu secreto, y entonces hablaremos, de hombre a hombre.

—Como quiera señor, pero me gustaría hablar con usted antes de que llegue ese día.

—Entonces ¿confiesas que guardas un secreto?

—Yo no he dicho eso, señor.

—Creo haberlo leído en tus gestos.

—No señor, quiero hablarle de otro asunto.

—¿De qué se trata?

—Quisiera embarcarme con usted en el *General Augereau.*

—Sí, la señora María me ha hablado de eso. Conozco tus deseos, pero la señora considera que debes ir a Burdeos a realizar los estudios de medicina.

—No, no quiero. Mi sitio está en el mar.

—La señora María te necesita aquí, en tierra, y más ahora que falta el doctor Hiribarren. Tienes suficiente trabajo con cubrir la plaza de ese gran hombre.

—Si no me acepta, me marcharé de Hendaya. Estoy decidido.

—Haz lo que quieras. Debo complacer los deseos de mi esposa. No hay sitio para ti en mi tripulación. Además, ¿qué trabajos sabrías realizar tú en un barco?

—Pero, señor...

—Calla. Basta de parloteo. Recógele a la cuadra. Sécale el sudor y dale de comer. Mañana temprano partimos hacia Bayona.

—Se lo ruego, señor.

—Entiéndelo, Nicolás, aunque te quisiera en mi tripulación, eres muy joven, y deberíamos dejar pasar por lo menos cuatro o cinco años hasta verte preparado. Además, estoy viendo que eres un sinvergüenza. Si el señor de la casa manda callar a alguien, hay que permanecer callado.

—Pero, señor...

—¡Basta! Mi esposa me ha pedido que no te acepte en el barco de ninguna manera. Comprenderás que no quiero que ella se enfade. Deja las cosas como están. No vendrás conmigo aunque me obligue el mismísimo diablo. Y ahora, a la cuadra, y en silencio.

Poseída por la rabia, añadí ortigas a la comida del pobre caballo. No siempre, pero muchas veces pagan justos por pecadores. Y aquel día le tocó al hermoso caballo de Pellot. No debería ser así, pero así suele ser.

Y lo peor es que comprendía al capitán Pellot. En su lugar yo habría dicho y hecho exactamente lo mismo. Además, teniendo como tenía a más de cien hombres, vascos, franceses, e incluso antimonárquicos españoles, gente dispuesta y mil veces mejor preparada que yo, cómo iba a querer incluirme en una de las tripulaciones más poderosas del mundo.

Aun así, tranquilidad y tiempo al tiempo. Inesa de Indazubi había decidido embarcar en el bergantín, y lo haría aunque para ello tuviera que sacar peras de un manzano.

Y mientras Pellot se encontraba en Bayona, la solución se me apareció en la misma puerta de Priorenia. Se trataba del doctor Ithurrya, inseparable amigo de Pellot. Un doctor borracho y loco, pero hábil como pocos en el oficio de sanar y ahuyentar los males y los miedos de las largas travesías. Fiebres, heridas, ataques de gota... todo lo curaba. Hombre indispensable para la tripulación de Pellot. Pero indispensable también para mis planes.

Durante los siguientes días no tuve ocasión de hablar con Pellot, el cual debía de andar muy atareado poniendo el barco a punto. Tampoco coincidí ni con Pincho ni con Pepín ni con el pequeño Passepartout. Se alojaban en el *General Agereau* y ellos tres se encargaban de la mayoría de los quehaceres.

—¿Qué piensas hacer, Inesa? —me preguntó Martín durante uno de aquellos dulces paseos en el *Siempre Juntos.*

—Ya conoces la respuesta, Martín.

—Pero ¿cómo? ¿Cómo vas a conseguir entrar a la tripulación de Pellot?

—Eso, Martín, prefiero no decírselo a nadie.

—¿Ni siquiera a mí?

—Ni tan siquiera a ti, querido Martín.

La actitud de Martín para conmigo se iba haciendo cada vez más distante y fría, como si quisiera desatar a propósito el nudo de nuestro compromiso. Entendió que ni siquiera él tenía fuerza suficiente para retenerme a su lado.

Ahora que el tiempo muerde ya sin dientes mis últimos días, confieso que tengo un carácter aborrecible. Pero ¿qué puedo decir?, siempre he sido así, y ni siquiera los años me han cambiado. Soy una persona que nunca aprende de los errores del pasado, que no ha podido liberarse de su propio carácter. A las personas como yo, tanto para lo bueno como para lo malo, nadie ni nada nos cambia. Somos seres libres y nunca permitimos que nadie nos gobierne. Así de sencillo. Tan claro como que jamás serán iguales la liebre y el conejo.

Por lo tanto, comprenderéis que prefiera no dar detalles sobre el final del doctor Ithurrya. Sólo anotar que, si se mezclan adecuadamente hierbas lombrigueras y dedaleras, con hojas de verbasco y plantas rutáceas, y se toma después ese potingue, mejor que os pillen confesados. Y hoy es el día en que, empujada quizá por los codazos de la vejez, confío a estos papeles lo nunca confesado.

A cada vaso de alcohol que el doctor Ithurrya se llevaba al gaznate, mezclado sigilosamente con aquel bebedizo mío, deterioraba el hígado a pasos agigantados. Sufría constantes escalofríos que lo martirizaban desde las rodillas hasta el cuello. Devolvía a cada poco. Se le nublaba la vista, y un color parecido al del limón muy maduro le tapaba la piel.

Podría haberlo hecho, pero no quise matarlo. Sólo procuré que el doctor Ithurrya no volviera a ser nunca más el que fue. Moriría mucho después, de puro viejo, en su casa de Ezpeleta. Eso sí, desde los tiempos en que mezclé mi brebaje en su bebida, no pudo beber otra cosa que no fuera agua. Si se saltaba esa regla, al doctor Ithurrya le aguardaban siempre veinte días de auténtica agonía; ni de compadecerse de sí mismo era capaz aquel pobre. Quizás por eso murió tan viejo, por yo haberlo apartado, sin proponérmelo, de aquel vicio que lo perdía.

El ansia de mar me empujaba hasta el límite de lo inhumano. Aunque todavía hoy es el día en que, si bien sé que no obré correctamente, no me arrepiento. Me vi obligada a intoxicar al doctor Ithurrya, haciendo así honor a mi nombre, por una vez al menos: Nicolás Venenos.

No. Tal y como he dicho, no me arrepiento de lo que hice. Menos aún si entendierais que aquel suceso llegaría a cambiar el rumbo de mi vida en la dirección prevista.

En vez de tanto lamento, el ser humano debe tomar las riendas de su vida, como si lo hiciera con un caballo, aflojando el arrastre unas veces, otras, acentuándolo, pero siempre sujetas a su antojo. Hasta conseguir la meta fijada.

Cuando el *General Augereau* estaba ya listo para zarpar, corría la noticia de que el doctor Ithurrya se encontraba moribundo, postrado en cama, aquejado de fuertes dolores de hígado y riñón. Que no era capaz ni de mantenerse en pie. Por lo que no me extrañó en absoluto que Passepartout viniera con la orden de llevarme a San Juan de Luz. Pellot quería hablar conmigo urgentemente.

Me despedí de la señora María, y cómo no, de mi querido Martín. A veces, el delirio por lo desconocido te empuja a abandonar lo único que tienes y amas. Es una lección que tengo demasiado aprendida. Primero, fueron mi madre y mi casa de Indazubi, luego, la señora María, Priorenia, y por último, mi querido Martín. ¿Qué no habré abandonado?

A medida que me alejaba notaba que el pecho se me rompía en pedazos, pero también sentía que era imposible negar mi propio orgullo. Siempre me he sentido subyugada por la boca del precipicio. Atracción que me ha traído con vida hasta lo que ya considero mis últimos días. Y todavía hoy prefiero la violencia del viento a la calma y sosiego de este día.

Ya es tarde para aprender. Pronto, no podré valerme por mí misma, sé que tendré que claudicar ante el flujo de la naturaleza, pero volaré, nunca dejaré de volar.

No, no me arrepiento de nada. Lo hecho, hecho está y no me quita el sueño. Sólo me duele todo lo que dejaré por conocer, me atormenta la certeza de saberme mortal y, aunque sé que tampoco la inmortalidad me consolaría, me desespera no poder nacer, vivir, morir, y volver a nacer eternamente.

La señora María y Martín lloraron por mi marcha. Situada a la espalda del negro enanito, el caballo buscaba ya el puerto de San Juan de Luz. Era la alegría de poder realizar mi sueño, pero era también el adiós a los seres más queridos. Tal vez, no volvería a verlos.

Passepartout me aconsejaba que me agarrara con fuerza a su cintura. Era ya noche cerrada y el caballo podía dar en cualquier momento un mal paso.

Pero no le hice caso. No quería que notara en su espalda la blandura de mis dos pechos ocultos y apretados. Yo era Nicolás. El mismo que algunos conocían como Nicolás Venenos. Y normalmente los chicos no suelen tener pechos como las chicas. Mi feminidad podría delatarme y no podía descuidarme. Menos aún con aquel enano, íntimo de Pellot.

Hice el trayecto de Hendaya hasta San Juan separada dos palmos de la espalda del enano, y mirando al cielo y su tejado de estrellas. Tarde o temprano, acabaría por saber el nombre de todas. Ellas serían las maestras del mar.

Llegamos al puerto de San Juan de Luz pasada la medianoche. Allí estaba el *General Augereau.* Sobrecogedor y majestuoso. Jamás había visto un barco tan extraordinariamente hermoso. El ir y venir de luces y de antorchas en la cubierta lo asemejaba a una verbena de luciérnagas.

Una pequeña barca, para cuyo empuje sobra un remero, nos esperaba junto al muelle. Passepartout me llevó al lado de Pellot. Misión cumplida.

—Nicolás, sé que rechacé tu petición, pero ahora no tenemos otra alternativa. El doctor Ithurrya no puede acompañarnos, y necesitamos un médico en el barco. En esa habitación están los utensilios de Ithurrya. Desde hoy, son tuyos.

—Pero señor, yo no soy médico —contesté.

—Ya lo sé. Pero no encuentro otra solución. No podemos retrasar por más tiempo la partida, y ahora es imposible buscar a alguien más adecuado que tú.

—Prometo que haré todo lo que esté en mis manos, señor.

—Cuando tropecemos con los ingleses tendrás que hacer incluso lo que no puedas. Hasta entonces, descansa.

Me había convertido de la noche a la mañana en el médico del barco de Pellot. Sueño cumplido.

Sin duda, el destino ponía su mano en las mías. Quise el mar, y me lo dio. Quise a Pellot y la vida de los corsarios, y también me los dio. Buen tipo el destino, o eso creía yo.

La tripulación preparaba ya, arriba y abajo, por los mástiles, sujetando las cuerdas, afianzando los nudos y desplegando las velas, la inminente puesta en marcha del bergantín. La proa sentía ya las orillas de su próximo destino: la bocana del puerto. Zarpábamos.

El mar fue amable como nunca. El viento del sur cosía las velas cariñosamente. La tripulación respondía al adiós de quienes se acercaron hasta el puerto, para ver partir al *General Augereau.*

Al amanecer, el puerto era ya un recuerdo invisible. El mar, manso, dulce, nos conducía por la inmensidad de su vientre.

Grandioso mar, mar infinito. Pueblos remotos. Gente desconocida. Puertos ignorados. Distintas banderas. Y la oportunidad de conocerlo todo. Un sueño hecho realidad. Sentía el abecedario de una nueva vida.

Sólo por un momento llegué a pensar que muchos de los marineros que acababa de conocer no regresarían a casa, que perderían la vida en el camino. Tal vez yo misma podría caer presa en una cárcel inglesa o castellana, o morir al golpe de una ola o de una bala traicionera.

Pero ya digo que no fue más que un vago pensamiento. En realidad, nada me asustaba. Era joven y desconocía la crueldad de un mundo que no tardaría en revelarme su lado más oscuro. Porque a fin de cuentas para eso nos hacemos mayores o, dicho en palabras de la señora María, crecemos para poder sobrellevar las heridas que nos abre todo lo que desconocemos en la juventud.

Busqué a Pellot con la mirada. Había delegado el mando del navío en la destreza de Pincho, y permanecía erguido contra el bauprés de proa. Passepartout dormitaba relajado a babor y Pepín saboreaba el tabaco de su pipa.

Y yo no podía creer que aquello fuera verdad, subida como estaba a un lado del puente, observando los movimientos de cubierta, la presencia alargada de una luna que aguantaba el embate del sol de la mañana. Era como estar en el cielo, si es que existe en este mundo un cielo donde poder estar.

Sólo una herida seguía abierta en la ternura de mi pecho; haber dejado a mis seres queridos. Martín, mi madre y la señora María, su recuerdo crecía como la distancia que nos separaba. Priorenia e Hiribarren. Esa mezcla de emociones me hacía sentir descontenta. No había dejado atrás sólo a personas, paisajes y cosas, había abandonado todo mi amor para enterrarlo en un profundo y oscuro agujero, que volvía en forma de gélida brisa para helarme la sangre.

De esa ausencia de amor nació una balada, que escucharía una y otra vez allí donde fui. Y no he dejado de escucharla en boca de otros. Pocos saben que esta canción es la confesión de una pena de amor. Hondo pesar que Inesa de Indazubi transformó en balada.

Tranquila la mar
hasta la barra de Bayona.
Tranquila la mar
pero yo azorada.
Te quiero más
que los peces su agua.
Te quiero más, sí,
que los peces su agua.

Para entonces, nos hallábamos frente a Bayona, rumbo norte, hacia aguas inglesas, con los cañones, pistolas y fusiles dispuestos y cargados de furia, con las espadas tan afiladas que cortarían de un tajo el cuello de un británico con sólo verlo.

BIOGRAFÍA

HASIER ETXEBERRIA

Hasier Etxeberria Canales nació en Elgoibar (Guipúzcoa) en 1957 y hoy en día reside en Hendaya. Además de escritor es periodista, tanto en medios escritos como audiovisuales, repetidamente premiado por sus trabajos. Actualmente presenta en ETB *Sautrela*, primer programa sobre literatura de la televisión vasca. En literatura ha ganado importantes premios de novela y literatura juvenil, pero destaca especialmente como magnífico escritor de narrativa breve.

COLECCIÓN ABRIL

1. Silencio en el corazón (Premio Abril 1999)
   Jaume Cela
2. Helena y el sol poniente
   Juan Kruz Igerabide
3. Los caminos sin fin (Premio Abril 2000)
   Pablo Antón Marín Estrada
4. Dormido sobre los espejos
   Jordi Sierra i Fabra
5. Manual de instrucciones para querer a Irene
   (Premio Abril 2001)
   Carlos Mosteiro
6. En un lugar llamado guerra (Premio Abril 2002)
   Jordi Sierra i Fabra
7. La balada de Inesa (Finalista Premio Abril 2002)
   Hasier Etxeberria